# PROGRESS

*Roman einer Heimkehr*
*und einer*
*gescheiterten Kooperation*

Bibliografische Information der Deutschen Nationalbibliothek:
Die Deutsche Nationalbibliothek verzeichnet diese Publikation
in der
Deutschen Nationalbibliografie; detaillierte bibliografische Daten
sind im Internet über www.dnb.de abrufbar.

Herstellung und Verlag: BoD – Books on Demand, Norderstedt

**ISBN: 978-3-7557-6042-9**

## Exposé

Zwei ganz verschiedene Motive führen Vater und Sohn ins Banat, jene Region im Westen Rumäniens, der schon die Habsburger und später dann die Kommunisten ihre Stempel aufgedrückt haben. Für den einen ist es eine Rückkehr, für den anderen eine Geschäftsreise.
Beide erleben eine Welt im Umbruch, die Hoffnungen schürt, aber auch noch Elemente einer weit zurückliegenden Zeit in sich trägt.
Fern ihrer Heimat kommen die zwei Männer sich unter tragischen Umständen näher. Sie schließen ohne große Worte einen Freundschaftsbund und kompensieren so ein nie von Innigkeit geprägtes Vater-Sohn-Verhältnis.
Das Schicksal dieser Männer und der Menschen in ihrem Leben ist auch ein Spiegelbild der Probleme und Opfer, die den Weg in ein geeintes Europa säumen.

## Vita des Autors

Anton Potche wurde 1953 in Jahrmarkt (rum.: Giarmata) / Rumänien geboren. 1973 legte er seine Bakkalaureatprüfung am Industrielyzeum für Maschinenbau in Temeswar ab und arbeitete anschließend als Maschinenschlosser. Ab 1984 war er bei Audi als Zerspanungsmechaniker beschäftigt. Heute lebt der Rentner in Ingolstadt. Potche hat viele Beiträge zu gesellschaftlichen und kulturellen Themen sowie Gedichte, Erzählungen und Übersetzungen aus dem Rumänischen in verschiedenen Zeitungen, Zeitschriften, Anthologien sowie im Internet veröffentlicht.

# Anton Potche

# PROGRESS

## *Roman*

Books on Demand

*Denn wo ist Heimat?  Keiner weiß Bescheid.*
*Wo Schwalben nisten, sind wir nicht allein.*
*Die Chrysanthemen nehmen unser Leid*
*Hinüber in ihr leises Anderssein.*

*Rose  Ausländer*

# I. Kapitel

## 1

Eigentlich hat sich nichts geändert, dachte Herbert, die Musik spielt viel zu laut, diese Verstärker müssten verboten werden. Der Zigarettenrauch wurde mit der Zeit immer dichter und der Lärmpegel im Saal stieg stetig an. Der Tischnachbar sprach dauernd. Niemand hörte ihm zu. Er war besoffen.

Wo läuft Erika herum? Den ganzen Abend ist sie unterwegs. Dort, neben der Tür. Sie spricht mit einer älteren Frau. Ja, älter. Nicht nur hier, auch bei anderen Gelegenheiten unterhielt seine Frau sich fast nur mit älteren Semestern. Es war nun mal so.

Herbert hatte schon den zweiten Cognac vor sich stehen. Seine Frau konnte anscheinend mit Altersgenossen nicht viel anfangen. Wieso hatte er sich nicht schon längst darüber Gedanken gemacht? Sie legte doch seit einigen Monaten ein sonderbares Benehmen an den Tag.

Es war wie zu Hause auf den Bällen im Kulturheim. Viele Menschen, viel Trubel, besonders in der Faschingszeit. Nur die Menschen waren hier andere, aus anderen Dörfern. Nur wenige Landsleute haben sich in der Stadt an der Donau niedergelassen. Aber auf jeden Fall genug, um über dich und deine Familie zu reden, sinnierte Herbert weiter. So als hätten sie nichts vor den eigenen Türen zu kehren. Was zum Teufel macht diese Frau dort? Lästern! Was könnte sie auch anderes tun?

Herbert führte das volle Glas zum Mund. Der Cognac schmeckte bitter. Er nahm noch einen Schluck. Auch in dieser Nacht wird er neben einer Frau schlafen. Irgendeiner Frau. Auf keinen Fall einer Gattin, wie er sie sich vorgestellt, sie sich ein Leben lang gewünscht hatte. Erika zog sich nur bei ausgeschalteter Lampe aus. Es sind Jahre vergangen. Wie viele werden es wohl gewesen sein, seit wir nicht mehr gemeinsam im Bad waren, grübelte er. Nachdem der Junge gekommen war, hatten wir kaum noch Sex. Seit damals ist ein Leben vergangen. Christian ist ein Mann. Wenigstens er soll es mal besser haben als ich. Mit einer Frau, die nicht mit 40 ein altes Weib ist, das nur in die Kirche läuft und anscheinend den Tag ihrer Wiedergeburt nicht erwarten kann. Jetzt kommt sie. Nein, wieder erzählt sie mit jemand. Und der kommt jetzt auch noch her.

„Hallo. Wie geht's?"
„Gut!"
„Warst du heute drin?"
„Nein."
„Ich schon. Du musst da sein, hat mein Chef gestern noch vor Feierabend gesagt. Ja, mei. Ich habe meinen Leuten gesagt, zieht durch, dann schaffen wir es bis halb zwei. Es wurde aber doch fast zwei, bis sie fertig waren. Ja, mei. Man muss die Leute auch verstehen. Als Gruppenführer brauchst du halt Einfühlungsvermögen."

Angeber, dachte Herbert und ließ den anderen reden. Er kannte ihn. Noch ein, zwei Bier und der ist Geschäftsführer. Das ist nichts Neues. Und da ist er nicht der Einzige. Die arbeiten alle nichts, wenn man ihnen zuhört, sind nur Chefs. Nur ich bin Arbeiter. Und super potent sind die meisten von ihnen auch noch. Wenn du ihnen glaubst, ist dein letzter Krümel Selbstbewusstsein im Eimer. Hast nur du eine prüde Frau? Aufschneider. Zum Glück kenne ich sie alle. Herbert sehnte jetzt sogar seine Frau herbei. Nur dass er von diesem Arbeitsbesessenen loskommt, der ihm dauernd zu verstehen gibt, dass er Gruppenführer ist, und wie seine Arbeiter ticken und dass er selber nichts arbeiten muss. Die anderen in der Firma sind doch nur Gruppensprecher. Der da ist plötzlich Gruppenführer. Führer. Der große Führer. Wo bleibt es nur? Verdammtes Weib. Heute Abend zeig ich's ihm.

Jetzt kam Erika. Endlich. Aber wie sie Herberts Gesprächspartner begrüßte! Diese gekünstelte Freundlichkeit. Das ewige Lächeln in ihren Zügen. Madonnenhaft! Er spürte noch intensiver, wie die Wut in ihm aufstieg. Von wegen, der zeig ich's. Da rührte sich kein Funke Leben in ihm. Kein Hauch von Begehren. Wie konnte ich diese Frau nur heiraten?

„Servus, wie schön, dass du dich auch mal sehen lässt. Wie geht's euch noch so?", hörte er Erika wie aus der Ferne fragen. Der gesprächige Gruppenführer kam nicht zu Wort, so laberte sie ihn zu mit Wichtigkeiten oder was sie für solche hielt. Sie schien seine Familienverhältnisse zu kennen. Eine alte Mutter lag ihr anscheinend besonders am Herzen. „Nicht so gut? Aber das wird schon wieder. Der liebe Gott sieht alles. Sie war doch immer in der Kirche. Ja, ja, wir haben uns nach dem Gottesdienst immer so schön unterhalten. So schön, das Mütterlein. Einmal war sie sogar mit bei der

Wallfahrt. Schön. Das war so schön. Ich bete für sie. Grüße sie bitte von mir. Ja, ja, ja, der liebe Gott hilft bestimmt."

Der Gruppenführer setzte immer wieder zum Reden an. Vergeblich. Er wollte doch von seinen Leuten in der Firma erzählen. Seine Leute. „Meine Leute!" Das hat er schon immer wie ein Heiligtum betont. Hoffentlich verstand auch jeder seine Unverzichtbarkeit dabei. Aber jetzt war Gott der Heiligste. Erika hatte ihn bei sich. Gott! Immer und überall. Und der Gruppenführer war zum Zuhören verdammt.

Herbert sowieso. Er hatte gehofft, der Gruppenführer würde gehen, wenn Erika kommt. Der machte aber keine Anstalten dazu. Wahrscheinlich wartete er auf den Augenblick, an dem Erika schwieg, endlich mal schwieg. „Meine Leute!" Auch seine bigotte Gesprächspartnerin sollte wissen, dass er eigene Leute in der Firma hat, seine Leute. Also er war Jemand. Doch diese Frau vor ihm hatte keine Muse zum Schweigen. Sie redete ununterbrochen, lies ihr Gegenüber nicht gehen, selbst als der resigniert erste Anzeichen zum Aufbruch machte.

Sie will nicht allein sein mit mir. Den Verdacht hatte Herbert schon lange. Er vernahm den Wortschwall aus ihrem Mund, ohne zuzuhören, und es wurde ihm nicht zum ersten Mal bewusst, dass diese Frau, seine Frau, ihm fremd war. Wahrscheinlich viel fremder als dem Gruppenführer seine Leute in der Firma. Warum tu ich mir das an? Diese Frage setzte sich in seinem Kopf fest. Das Gelaber seiner Frau vermengte sich mit der zu lauten Musik und dem Stimmengewirr im Saal. Seine Gedanken gewannen bei diesem Lärmpegel, der sich wie ein Isolierraum um ihn legte, immer klarere Konturen. Christian ist aus dem Schneider. Der wird mich verstehen. Weiter kam er nicht. Der Gruppenführer hatte einen Bekannten gesichtet, winkte ihm zu, erhob sich und verschwand zwischen den tanzenden Paaren.

„Gehen wir nach Hause?", fragte Erika.
„Wenn du auserzählt hast."
„Der Georg ist gestorben."
„Welcher Georg?"
„Die wohnen doch dort in der Nachbarstraße."
„Kenne ich nicht."
„Er wird morgen begraben."
„Und da musst du zum Begräbnis."
„Ja, das steht sich doch. Das sind doch auch Landsleute. Die Frau geht sonntags immer in die Kirche."
Herbert schüttete den Rest Cognac regelrecht in sich hinein. Er spürte, dass er einen roten Kopf bekam. „Wir gehen jetzt. Aber sofort."

Schneeregen. Die Stadt war längst eingeschlafen. Sie mussten ans andere Ende, vorbei am Werk, in dem der Gruppenführer mit seinen Leuten arbeitet. Komisch, dachte Herbert, als würde ich nicht auch da arbeiten. Links und rechts Hochhäuser. Herbert fiel der Satz eines Kollegen ein, der hier wohnte: Warum soll ich in der Türkei Urlaub machen? Ich wohn doch in der Türkei. Seichte Schlager im Autoradio. Sonst keine Silbe bis ans andere Ende der Stadt mit den ausgeschalteten Ampeln. Erika hatte die Hände zum Beten gefaltet im Schoß liegen. Herbert riskierte einen

Seitenblick und spürte die selige Stimmung seiner Frau. Für wen sie wohl betet? Für Georg? Oder das Mütterlein? Oder für beide? Geht das überhaupt, für zwei Menschen auf einmal beten?

Auf dem Parkplatz stieg sie aus, blieb neben dem Wagen stehen und starrte entgeistert in den Halbmond, der durch ein Loch in den Wolken herabschaute. Herbert schlug die Fahrertür mit voller Wucht zu. Seine Frau hatte das anscheinend gar nicht vernommen, wo er sie doch erschrecken wollte. Kopfschüttelnd schaute er ihr mindestens zwei Minuten zu. Dann trippelte sie vor ihm her. Was soll ich mit der nur machen, sinnierte er. Nichts, gar nichts. Da ist Laub und Gras verloren. Er blickte nach oben. In der Küche brannte Licht. Es war halb zwei. Christian wird auch erst gekommen sein.

Erika stieg vor ihm die Treppe hinauf in den dritten Stock. Er folgte schweigend, suchte nach einem Faden, um ein klärendes Gespräch herbeizuführen.

„Ihr habt ja lange ausgehalten", begrüßte Christian seine Eltern.
„Wenn deine Mutter die Bet- und Beichtmutter auf dem Faschingsball spielt, kann es schon sein, dass man zu den Letzten gehört", erwiderte Herbert barsch.
„So gottlose Gesellen wie dich gab es dort keine", gab Erika zurück. „Du wirst mir ja wohl nicht verbieten, mit den Menschen zu reden."
„Du belästigst die Leute doch nur mit deinem Glaubenseifer. Warum gehst du nicht unter die Missionare, dort kannst du deine Sprüche bei den Wilden anbringen. Und sag mal, wo ist der Hunderter aus der Schub-

lade im Schlafzimmer? War mal wieder ein Zeuge Jehovas da? Du sollst ja den Leuten Geld zustecken, ohne dass sie welches verlangen. Oder erzählen die Leute nur Schmarrn im Stadtteil? Was hast du mit dem Geld gemacht? Raus damit! Ich will endlich die Wahrheit wissen."

Herbert war feuerrot im Gesicht. Die Wut hatte ihn gepackt. Unkontrolliert und unüberlegt sprudelte es aus ihm heraus. Erika entgegnete den Anschuldigungen mit keinem Wort. Sie sah aus, als würde sie ihm jeden Moment die Hände zum Segen auf den Kopf legen wollen. Und das war schlimm, schlimmer als jede Widerrede. Herbert tobte innerlich. Dann ging er zu Bett. Auch heute schlief er nicht ein, ohne ein paar Zeilen zu lesen. Eine Anthologie lag seit einigen Tagen auf seinem Nachtkästchen: *Österreichische Liebesgeschichten.* Erzählungen von Adalbert Stifter, Marie von Ebner-Eschenbach, Ferdinand von Saar, Karl Emil Franzos und anderen. Spätes 19. und frühes 20. Jahrhundert. Herbert musste lachen. Er hatte schon fast die Hälfte gelesen. Bisher haben sich noch keine der Liebenden berührt. Ob es das Wort Sex damals überhaupt schon gab? Das gab es ja bei ihm jetzt auch schon eine Ewigkeit nicht mehr. Oder war er vielleicht gar aus der Zeit gefallen? Zurück, so um 1900.

Christian kannte diese ewigen Streitereien. Er ist mit ihnen groß geworden. Und er wusste, dass seine Eltern nur noch zusammen sind, weil sie aus einer anderen Welt stammen, in der eine Scheidung gesellschaftlich geächtet war. So etwas tut man nicht. Man bleibt zusammen und wenn es noch so schwer ist. Und man pflegt nach Außen ein ungetrübtes Familienbild. Was werden die Leute sagen? Nicht die Leute von hier im Viertel, aber die aus dem Verein. Dort sind sie versammelt, die Landsleute aus dem Banat, alles anständige Menschen. Die sollen eine gute Meinung von dir haben. Das zählt, und nur das. Christian war der Glaubenseifer seiner Mutter auch zuwider. Andererseits hielt er seinem Vater schon mal vor, zu wenig Verständnis für seine Gattin aufzubringen. Als Kind hatte er unter dieser vergifteten Atmosphäre gelitten, um sich in der Pubertät dann innerlich immer mehr von beiden zu distanziert. Jetzt hatte er ein nüchternes, eher unterkühltes Verhältnis zu seinen Eltern, obwohl sie ihm das BWL-Studium finanziert haben. Noch einen Semester. Dann wird er gehen. Das wusste er bestimmt. Finanzielle Zuwendungen sind zu wenig für ein gefühlsbetontes Eltern-Kind-Verhältnis, viel zu wenig. Zumindest wird es ihm nicht schwerfallen, auch weiter weg von zu Hause einen Job anzutreten, wie sich das bei einigen seiner Kommilitonen abzeichnet. Das ist ja auch nicht unbedingt von Nachteil.

## I - 2

Es herrschte ein reger Stadtverkehr auf der Busiascher Straße um diese Uhrzeit. Traian schimpfte wie ein Rohrspatz. Er steht nicht gerne im Stau. Am liebsten würde er ausscheren und auf dem Gehweg bis zur Firma fahren. Hat er schon getan. Doch nicht, wenn Ileana neben ihm saß, seine Frau und Büroleiterin. Er trommelte ungeduldig mit den Händen auf dem Lenkrad herum.

„Brauchst einen Kaffee?", fragte Ileana. „Wirst ja noch zweihundert Meter aushalten bis in die Firma."

Von Mitgefühl war da nichts zu hören. Eher böser Spott. Der Mann neben ihr sah auch nicht gerade beneidenswert aus. Seine Haut war blass, die Haare schienen den Kamm verhöhnt zu haben und die Augen brannten. Sein Atem ließ einen ausgiebigen Alkohol- und Nikotinkonsum vermuten. Die Nacht schien zu kurz gewesen zu sein.

Der Pförtner stand vor seinem Häuschen und grüßte, als Traian seinen Audi A6 in den Hof des Betriebsgeländes lenkte. Vier Firmen teilten sich den kleinen Industriepark. Vor der Weihnachtsrevolution 1989 waren das ebenso viele Handwerksgenossenschaften gewesen, kleine Unternehmen, die nach der Enteignung der Privatiers in Rumänien nach dem 2. Weltkrieg entstanden waren und zum Teil noch bis zum Ende des Kommunismus mit enteigneten Werkzeugen und Maschinen arbeiteten. Natürlich waren das längst sozialistische und danach kommunistische Staatsbetriebe geworden, aber einzelne Fachkräfte hatten ihr Handwerk noch bei den alten Privatmeistern gelernt. Und sie waren die Besten ihres Faches. Traian war Chefingenieur in einer jener Genossenschaften gewesen: PROGRESS. Ileana war die Sekretärin des Vorsitzenden der Kooperative. Sie stellten damals wie heute hochwertige Möbel her. Sogar als Ceaușescus Kommunismus schon in den letzten Zügen lag, produzierten sie noch für den Export, zwar weniger für Westeuropa, aber dafür umso mehr für den ideologisch befreundeten Handelspartner China.

Es ist schon lange her: der Sturz des Diktators und ihre Liebe. Die Zeit machte nicht Halt und schritt unbeeindruckt vom Tun und Lassen der Menschen weiter. Immer weiter. Geblieben und sogar gebessert hatte sich hingegen ihr Wohlstand, der auch damals in der Planwirtschaft schon über dem der Arbeiterklasse lag. Traian hatte seine Beziehungen sofort nach Neujahr 1990 spielen lassen und Ileana hatte mit ihrem Charme nicht gegeizt. Sie war bei vielen Gesprächen dabei, als in jener Zeit so manche Kooperative zerschlagen wurde. Traian konnte beim Wirtschaftsministerium mit einem frischen Auftrag aus China, den die Genossenschaft zwar schon ein Jahr vorher abgeschlossen hatte, der aber seine Unterschrift trug und dem ein Zusatzprotokoll über eine Verlängerung für ein weiteres Jahr angeheftet war, das zum Glück in den damaligen Umbruchzeiten niemand unter die Lupe nahm, punkten und vor allem den kommunistischen Direktor, wie er heute noch ab und zu mit einem vom Suff roten Kopf behauptete, ausbooten. PROGRESS lebte weiter.

Sie hatten sich in der Firma kennengelernt. Es war Anfang der 80er Jahre. Ileana hatte das Lyzeum absolviert und gerade eine endgültig gescheiterte und noch nicht überwundene Jugendliebe hinter sich, als Traian, ein junger, wie sie soeben in die Firma gekommener, ambitionierter und gut aussehender Ingenieur, ihr im Korridor des Bürotrakts über den Weg lief. Die Firma hatte nur um die 50 Beschäftigte, also konnte man sich gar nicht mehr aus den Augen verlieren. Für Ileanas etwas angekratztes Selbstbewusstsein war das die richtige Begegnung, wenn die Liebe auch etwas auf sich warten ließ. Aber sie kam. Irgendwann wurde geheiratet, Traian stieg zum leitenden Ingenieur auf und Ileana bekam die Stelle im Vorzimmer des Direktors. Irgendwann kamen dann auch die Kinder, zuerst Vasile und zwei Jahre später Hermine.

Die Umbruchzeit nach dem Fall des Kommunismus war alles andere als leicht. Viele Firmengründungen waren beendet, bevor mit der Produktion überhaupt begonnen werden konnte. Selbst Traians geglückter Coup mit der Übernahme und dem nachträglichen Kauf der Firma zu einem nie bekannt gewordenen Preis führte nicht gleich in eine Erfolgsspur. PROGRESS stand zweimal vor der Insolvenz und von den ursprünglich 50 Mitarbeitern sind gerade mal 20 übriggeblieben. Das hat alles an den Nerven und schließlich auch an der nie diamantfesten Liebe gezehrt. Traian hat sich oft mit zwielichtigen Gestalten die Nächte um die Ohren gehauen und Ileanas Einwände mit der Begründung weggewischt, nur so könne er die Firma vor der Pleite retten. Aber sie hat gehalten, die Ehe, eher schlecht als recht, aber gehalten, das allein zählt, redete Ileana sich immer wieder ein, wenn es brenzlig wurde. So auch jetzt. Sie schluckte ihren Ekel runter mit dem Gedanken, dass wenigstens die Nachfolge der Firma schon geregelt ist. Vasile war schon seit einem Jahr Hauptgeschäftsführer und Traian hatte auf seine Prokura verzichtet. Er war zwar noch Gesellschafter, hatte mit dem operativen Geschäft aber kaum noch etwas zu tun. Das war nicht leicht, aber letztendlich erfolgreich, triumphierte Ileana mit einem hämischen Seitenblick auf ihren Mann.

Vasiles Wagen stand schon auf dem Parkplatz vor dem

Bürogebäude. Vater, Mutter und Sohn teilten sich eigentlich das gleiche Büro, das aber geschickt mit Stellwänden aus Holz so aufgeteilt war, dass man sich gefühlt in drei Räumen bewegte. Dass sich nur der Chef und die Sekretärin in dem Büroensemble aufhielten, ist seit letztem Jahr eher die Regel als die Ausnahme. Heute waren aber alle drei da. Ileana merkte mit ihrem Muttersinn sofort, dass an diesem Morgen auch Vasile nicht gerade die beste Laune ausstrahlte. Nach dem Morgengruß kam er auch gleich zur Sache.

„Seit einem Monat kein einziger Auftrag. Wir müssen tätig werden."

„Entlassen", polterte Traian und rülpste dabei unanständig.

„Halte deinen verdammten Mund", fuhr Ileana ihn an. „Wo sind denn deine Kunden, mit denen du angeblich die Nächte durchsäufst?"

„Curva (Hure)", fauchte der zurück.

„Aufhören! Hört sofort auf!", unterband Vasile den sich anbahnenden Streit.

Das wirkte auch für den Moment. Traian zog sich in sein Abteil zurück und Ileana machte sich wortlos an der Kaffeemaschine zu schaffen. Es blieb auch den Rest des Vormittags ruhig im Büro. Jeder hing seinen Gedanken nach. Ileana stellte für Vasile zwei Telefongespräche durch, eins vom Finanzamt und eins mit einem Banker. Traian hatte sich längst wortlos davongemacht, in die Produktionshalle oder vielleicht sogar in die Stadt. Vasile sprach besonders mit dem Bankangestellten lange, sehr lange. Dann kam er zu seiner Mutter und ließ sich seufzend auf einen Stuhl fallen. Ileana blickte ihn besorgt an, und was ihr Junge zu berichten hatte, war alles andere als beruhigend.

„Die Bank spielt nicht mehr mit. Sie wollen keinen Kredit mehr geben. Wir sollen uns einen Partner suchen oder Insolvenz anmelden", sagte der junge Manager.

Seine Stimme klang traurig. In den Ohren der Mutter war das bereits die reinste Verzweiflung. Sie wollte etwas erwidern, ihn aufbauen, Hoffnung geben, Mut machen. Der Teufel ist nie so schwarz, wie er an die Wand gemalt wird. Aber sie hatte diesen verdammten Knoten im Hals, der ihr fast den Atem nahm und die Stimmbänder blockierte. So viele Jahre haben sie ge-kämpft. Und jetzt … Diese verdammte Globalisierung. Sie hatten zwei Großmarktketten in Österreich und Deutschland, die sie in den letzten fünf Jahren regelmäßig beliefert haben. Die bestellen nur mehr halb so viel wie bisher, den Rest lassen sie sich aus Fernost kommen oder woher auch immer.

Dann fiel Ileanas tränengetrübter Blick auf ihren Schreibtisch. Sie konnte ihrem Jungen nicht mehr in die Augen schauen. Der stand nur mit hängenden Schultern da. Es war seine Zukunft, vor allem seine, die hier auf dem Spiel stand. Er hatte ein Wirtschaftsstudium absolviert. Seine Generation soll endlich den Wandel schaffen und dieses Land in der EU etablieren. Wie soll das gehen, wenn … Ileana spürte die ganze Bitterkeit, die Hoffnungslosigkeit, die über ihren Vasile hereingebrochen war. Und sie hatte vor allem Angst, Angst, er könnte eines Tages auch zur Flasche greifen, genauso wie sein Vater. Sie könnte ihn verlieren. Was bliebe ihr dann noch? Hermine. Hermine? Hat die nicht gestern etwas erwähnt von einem deutsch-rumänischen Wirtschaftskreis in der Region? Sie studiert an der Westuniversität Germanistik. Kommilitoninnen erwähnten da etwas und Hermine hatte das zu Hause erzählt. Sie wohnte noch bei den Eltern, während Vasile schon länger eine eigene Wohnung hatte. Ileana blickte auf. Der Tränenschleier über ihren Augen hatte sich aufgelöst. Sie suchte den Blick ihres Jungen.

„Vasile, Hermine hat etwas erwähnt von einem Verein, der sich Deutschsprachiger Wirtschaftsclub Banat nennt. Vielleicht sollte man dort mal nachfragen."

Ein Strohhalm. Vasile zögerte keine Sekunde. Wortlos ging er an seinen Schreibtisch und wählte Hermines Handynummer. Glück gehabt. Sie meldete sich und versprach, genauere Informationen aus ihrem Bekanntenkreis einzuholen.

## I - 3

„Ja, das ist so. Wir sind das weltbeste Unternehmen: BÖTTCHERHOLZ. Doch wir können es nur bleiben, wenn wir expandieren, neue Märkte erobern, überall in der Welt. Und wir müssen damit beginnen, meine Herren, jetzt, sofort."

Die Stimme des Vorstandsvorsitzenden schien keine Widerrede zu dulden. Das spürten die drei Manager am Konferenztisch. Sie gaben ihrem Chef auch alle Recht. Nur wäre auch keiner böse gewesen, wenn dieser Kelch mit der neuen Markterschließungsstrategie an ihm vorbeigehen würde. Denn da kamen auch Auslandsaufenthalte, vielleicht sogar für Monate, ins Spiel, das war sofort jedem klar.

„Wir sollten mit kleinen Schritten beginnen, uns zuerst mal im europäischen Raum umsehen. So ein Schritt könnte auch mit einer Produkterweiterung einhergehen", traute sich einer der Herren in die Offensive.
„Könnten Sie das konkretisieren?", fragte der Vorsitzende dieses Leitungsgremiums den Manager.
„Wir haben das Strategiepapier ja jetzt schon seit einer Woche in unseren Arbeitsmappen und natürlich macht man sich so seine Gedanken. Wir sind zwar Marktführer bei der Herstellung von Hölzern, ob das jetzt Schnitt-, Profil-, Massivholz oder all die anderen unserer Produkte sind, aber könnten wir nicht auch mal an eine grundsätzliche Erweiterung im Sinne der Selbstverwertung unserer Endprodukte denken?", gab der Gefragte zur Antwort.

Nicht nur der Vorsitzende, auch Andere im Gremium runzelten die Stirn. Zwei der Manager waren in einem Alter so um die 60. Nur der 28-jährige Christian Sternauer, der wohl jüngste Vorstand eines börsennotierten Unternehmens weit und breit, schien der Idee etwas abgewinnen zu können. Er schaute seinen Vorstandskollegen an und meinte überzeugend:
„Also eine Fertigungsvertiefung können wir wahrlich nicht gebrauchen. Aber Andere unter unserer Aufsicht fertigen zu lassen, wäre bestimmt nicht das Verkehrte. In Südosteuropa soll es zum Beispiel eine jahrhundertealte Holzbearbeitungstradition geben. Man hört von hervorragenden Möbeltischlern, die in viel zu kleinen

Unternehmen dauernd von Insolvenzen bedroht sind."

Eine Woche später hatte Christian Sternauer bereits die erforderlichen Kontakte über die Industrie- und Handelskammer zu einer ähnlichen Organisation im Banat geknüpft. Es sollte aber noch ein Monat ins Land gehen, bis alle Formalitäten erledigt waren und seine Teilnahme an einem Forum beim Deutschsprachigen Wirtschaftsclub Banat in Temeswar gemeldet war. Obzwar es sich um einen Erfahrungsaustausch zwischen kleinen und mittleren Unternehmen aus dem Banat und Deutschland, vorwiegend aus Bayern, handelte, waren Christians Vorstandskollegen mit seiner Teilnahme einverstanden, auch wenn einem aufmerksamen Beobachter unschwer auffallen musste, dass sich hier ein Haifisch um Beute umsieht. Die alten Hasen im Vorstand von BÖTTCHERHOLZ hatten ihm auch zu höchster Vorsicht geraten, wollte man sich ja schließlich nicht lächerlich machen und vielleicht sogar noch schlechte Schlagzeilen produzieren. Das konnte die Firma in ihrem angestrebten Expansionskurs am wenigsten gebrauchen. Die rumänische Wirtschaft hatte nicht den besten Ruf in Deutschland. In Wirtschafts- kreisen wurde oft vom laxen Umgang der Rumänen mit Verträgen, von Korruption und einer unklaren Gesetzgebung gesprochen. Christian war diesbezüglich aber zuversichtlich. Er hatte schon viel von seinem Vater über die Mentalität der Rumänen erfahren. Man müsse sich halt auf ihre Gewohnheiten einstellen und nicht alles auf die Waage legen. Schließlich sei man doch selber auch nicht fehlerfrei. Wer kann das schon von sich behaupten?

## I - 4

BÖTTCHERHOLZ lag etwas außerhalb der Stadtgrenze, schon auf der Gemarkung einer Nachbargemeinde. Christians Heimweg führte über eine zu dieser Stunde, es war wie so oft wieder spät geworden, nur wenig befahrene Straße. Er hatte sich felsenfest vorgenommen, endlich aus der elterlichen Wohnung auszuziehen. Da er aber überraschend die Stelle eines aus Gesundheitsgründen ausgeschiedenen Vorstandsmitgliedes bei dieser holzverarbeitenden Firma bekommen hatte - sogar der überregionalen Presse war das einige Zeilen in ihren Wirtschaftsseiten wert gewesen -, blieb die Wohnung erst einmal liegen. Aber jetzt werde er sich eine suchen, wenn er aus Rumänien zurückkommt. Er musste bei dem Gedanken schmunzeln, wie verdutzt sein Vater dreinschauen werde, wenn er von seiner Fahrt nach Temeswar hören wird. Und stolz wird er bestimmt auch sein, besonders auf die paar Brocken Rumänisch, die er seinem Sohn gegen den Widerstand seiner Frau im Laufe der Jahre beigebracht hatte. Zuhause wusste natürlich noch niemand etwas von seinem neuen Arbeitsauftrag. Besonders seine leutselige Mutter hätte das bereits am nächsten Tag bei ihren Kirchengängerfreundinnen erzählt.

Als er die Wohnung betrat, saß seine Mutter am Küchentisch und starrte ihn wie entgeistert an. Ihr Haar war zerzaust und die Augen gerötet. Vor ihr auf dem Tisch lagen ein Gebetbuch und einer ihrer unzähligen Gipsengel.

„Mutter, geht es dir nicht gut?", fragte Christian.

„Es geht schon wieder. Gott ist auf meiner Seite. Er wird mir beistehen. Ich werde auch allein über die Runden kommen", antwortete Erika Sternauer ihrem etwas verdutzt dreinschauenden Sohn.

Nicht, dass der solche Szenen nicht zur Genüge gekannt hätte, aber die Ungehaltenheit seiner Mutter überraschte ihn doch. Und daher wollte er auch gleich Gewissheit haben.

„Wo ist Vater?", fragte er. „Er hat doch Frühschicht."

„Weg", sagte Erika nur, ohne ihren Sohn anzusehen.

„Wohin weg?"

„Irgendwo ins Nordviertel. Er hat sich dort eine Wohnung genommen."

„Das musste ja so kommen", entfuhr es Christian.

Und er konnte diese Äußerung nicht mehr zurücknehmen, so leid es ihm auch tat. Er setzte sich zu seiner Mutter an den Tisch und versuchte sie mit Beschwichtigungen wie, dass es schon nicht so ernst sei und sein Vater schon wieder zurückkommen würde, zu beruhigen. In die Arme nahm er sie nicht. Er spürte in diesem Augenblick, wie fremd seine Mutter ihm eigentlich war. Gott war ihr schon immer näher gewesen, als ihre Familie. Christian empfand nur Mitleid mit ihr. Er wusste überhaupt nicht, wie er mit dieser Situation umgehen sollte.

Als er später im Bett lag, wollte sich der Schlaf nicht einstellen. Er starrte ins Dunkel und kämpfte gegen das wüste Knäuel von Gedanken an. Fragen, nichts als

Fragen drängten sich ihm auf. Wenn sein Vater nicht mehr zurückkommt? Gedroht hatte er ja schon oft genug mit einer Scheidung. Was wird aus seiner Mutter? Sie hatte zwar einen relativ sicheren Arbeitsplatz im Rathaus, wo sie als Reinigungskraft seit vielen Jahren arbeitete. Aber wenn auch er selber jetzt ausziehen will, wie wird sie das hinnehmen? Alleinsein ist immerhin eine neue Erfahrung für sie. Sein Vater spielte in diesem Gedankenlabyrinth nur eine untergeordnete Rolle. Der wird jetzt bald die Ruhephase seiner Altersteilzeit antreten. Aber allein wird auch er sein, besonders in diesem Hochhausviertel mit seiner Anonymität. Christian wurde immer müder und das Durcheinander in seinem Kopf immer größer.

Am nächsten Morgen glaubte er aber, sich erinnern zu können, dass sein letzter Gedanke einem möglichen Gespräch mit seinem Vater galt. Doch das wollte er erst nach seiner Rückkehr aus Temeswar führen. So sollte es auch bleiben, jetzt am Morgen des ersten Tages nach der Trennung seiner Eltern.

## I - 5

Der Deutschsprachige Wirtschaftsclub Banat war eine Kontaktbörse, wie es sie seit dem EU-Beitritt Rumäniens immer häufiger gab. Besonders die deutschen und österreichischen Investoren waren in Rumänien und speziell im Westen des Landes mit den Großstädten Temeswar und Arad gefragt. Auch diesmal wollte man sich in erster Reihe kennenlernen, ins Gespräch kommen, Tipps geben und nehmen und vielleicht sogar Kooperationen in die Wege leiten.

Dieser Wirtschaftskreis mit deutsch sprechenden rumänischen Unternehmern als Mitglieder hatte die Veranstaltung in einem etwas außerhalb der Stadt an einem ruhigen Waldrand gelegenen Hotel organisiert.

Die Vertreter der verschiedenen Firmen, bei den Rumänen waren es meistens die Inhaber selber, standen im Schatten der alten Bäume an weiß gedeckten Stehtischen und beäugten sich gegenseitig. Die offizielle Vorstellung der Teilnehmer hatte noch nicht begonnen. Also blieb man noch unter seinesgleichen. Auch Christian war nicht allein. Ein Kollege aus dem BÖTTCHERHOLZ-Management hatte ihn begleitet. Die zwei Männer standen an einem Tisch mit zwei österreichischen Handwerksunternehmern, die sie schon am Vorabend im Hotel kennengelernt hatten.

Nach dem Sektempfang wurde in den Konferenzraum gebeten. Die Organisatoren stellten alle Teilnehmer vor und bedankten sich für deren Kommen. Dann wurde noch einmal das Programm für das auf drei Tage anberaumte Treffen vorgestellt und es gab nur ganz minimale Abweichungen von der jedem Teilnehmer bereits zugeschickten Ablaufbroschüre. Auch Christian hatte eine Präsentation seines Unternehmens vorbereitet. Er überließ den Vortrag aber seinem Kollegen, der zur Überraschung der Teilnehmer und besonders zur Freude der Organisatoren nicht nur englisch oder deutsch wie die anderen ausländischen Firmenvertreter referierte, sondern auch fließend rumänisch; er war ein Rumäniendeutscher, der sein Studium noch in Temeswar abgeschlossen hatte. Die Vorträge fanden morgens statt. Nach dem Mittagessen traf man sich dann erst wieder bei Kaffee und Kuchen, um in kleinen Tischgesellschaften über Gott und die Welt, aber auch über geschäftliche Dinge zu plaudern.

Am Vormittag des zweiten Tages sprach der noch junge Geschäftsführer eines auf Holzmöbel spezialisierten Betriebs mit dem Namen PROGRESS – abgeleitet vom rumänischen „Progresul". Über die deutsche Übersetzung „Fortschritt" war Christian schon bei der Vorstellungsrunde von seinem Kollegen in Szene gesetzt worden. Dass der sehr ehrliche und schonungslose Vortrag Vasiles dann alles andere als erfreulich war, ließ die zwei Vertreter von BÖTTCHERHOLZ besonders aufhorchen. Da kämpft eine Firma ums Überleben. Das war den zwei Deutschen sofort klar. Und nachdem sie nach dem Mittagessen allein in der Hotelbar die Sache besprochen hatten, beschlossen sie, Herrn Roman bei der anstehenden Kaffee-Runde näher kennenzulernen; vorausgesetzt, dass er sich auch am Nachmittag blicken lässt, denn nicht alle Teilnehmer des Treffens nahmen diesen Nachmittagstermin auch wahr. Sie waren sich einig, auf den rumänischen Unternehmer zuzugehen und nicht auf eine etwaige Kontaktaufnahme seinerseits zu warten.

Christian war dann am Nachmittag ziemlich angenehm überrascht, als er das Hotelrestaurant betrat und Vasile in Begleitung einer jungen, sehr gut aussehenden, geschmackvoll gekleideten Dame an einem der Tische sitzen sah. Er steuerte, gefolgt von seinem Kollegen, automatisch auf den Tisch zu – schließlich hatte man sich ja etwas vorgenommen -, um dann doch auf die letzten Schritte diesem den Vortritt zu lassen. Der grüßte ein wenig verlegen und fragte auf Rumänisch, ob sie sich zu ihnen gesellen dürfen. Und auf die erste Überraschung folgte gleich die zweite: Die junge Frau lud in einem sehr guten, fast akzentfreien Deutsch die Herren zum Platznehmen ein. Vasile Roman stellte seine Schwester Hermine vor und man fand sehr schnell in ein angeregtes Gespräch, das nicht zuletzt der günstigen Sprachkonstellation am Tisch zuzuschreiben war. Christian ließ von seinem Auftrag natürlich nichts durchblicken, bekundete aber zunehmend Interesse an der misslichen Lage von PROGRESS. Man blieb natürlich nicht bei einer Tasse Kaffee. Zu viel stand auf dem Spiel - besonders für Vasile, aber nach einigen Gläsern Wein mehr und mehr auch für Christian.

Man hatte längst das Restaurant verlassen und spazierte auf einem nahen Waldweg. Hier war es ruhig und kühl. Vasile und Christians Kollege schritten voraus und unterhielten sich rumänisch über eine mögliche Rettung der von Insolvenz bedrohten PROGRESS, während Christian und Hermine, in ein deutsches Gespräch vertieft, immer mehr zurückblieben. Es war klar, die beiden hatten Gefallen aneinander gefunden. Auch ihr Gespräch kreiste zunächst um die Temeswarer Firma, aber sich langsam vortastend, kamen beide auch auf Persönliches zu sprechen.

„Ja, natürlich haben meine Wurzeln in dieser Gegend eine Rolle bei meiner Entscheidung, hierher zu kommen, gespielt. Meine Eltern stammen von hier aus einem Dorf. Besonders mein Vater scheint mit seiner Vergangenheit nie abgeschlossen zu haben. Er hat immer versucht, mir einige Wörter auf Rumänisch beizubringen", erzählte Christian gedankenversunken.

„Zum Beispiel?", fragte Hermine mit einem schelmischen Unterton.

„Lass mich nachdenken ..."

Ohne es bewusst angesprochen zu haben, waren beide zu einem vertraulichen Du übergegangen. Christian blieb stehen, als ihm das plötzlich bewusst wurde, sah Hermine in die Augen und fuhr fort: „Te iubesc. Ja, das hat er mir schon als Kind beigebracht."

Die junge Frau, sie war erst 25 Jahre alt, lachte nicht auf, wich aber auch Christians Blick nicht aus, sondern hielt ihm wohlwollend stand.

„Bist du sicher?", fragte sie.

„Ja, natürlich."

„Und weißt du auch, was es bedeutet?"

„Ich denke schon: Ich liebe dich."

Sie unterhielten sich in dieser Art und Weise noch eine ganze Weile, langsam vorwärts schreitend, bis sie wieder zu Vasile und dessen Gesprächspartner stießen, die an einer Wegkreuzung auf die beiden gewartet hatten.

Zurück im Hotel beschloss man, auch das Abendessen gemeinsam einzunehmen, aber nicht hier sondern im Cina-Sommergarten in der Stadt. Das Geschwisterpaar Roman verabschiedete sich und Christian und sein Kollege begaben sich auf ihre Zimmer. Sie verabredeten sich aber schon für eine gute Stunde später in der Hotelbar und besprachen ihr weiteres Vorgehen in der Causa PROGRESS, denn dass es sich lohnen könnte, sich des Betriebs anzunehmen, schwante beiden. Natürlich durfte nichts überstürzt werden. Also beschlossen sie, ihren Aufenthalt um einen Tag zu verlängern und wenn gewünscht PROGRESS einen Besuch abzustatten. Dann begaben sie sich auf den Weg in die Stadt, in der Christians Kollege sich bestens auskannte. Christian selber aber fieberte dem Treffen im Cina regelrecht entgegen.

## II. Kapitel

## 1

Wenn man die Stadt in Richtung Autobahn verließ, durchquerte man einen Stadtteil, der vor zwanzig Jahren noch ein Dorf war. Es war auch jetzt noch eine selbstständige Ortschaft, wurde aber längst als Stadtviertel wahrgenommen. Und es trug den gleichsam geachteten und verachteten Ruf eines Reichenviertels. Viele wohlhabende Stadtbürger hatten sich in diese ländliche Umgebung unweit des Waldes zurückgezogen. Und der ein oder andere war schon aus dem Ausland zurückgekehrt und hatte sein Geld in eine Immobilie investiert. Dementsprechend gut war auch die Infrastruktur der Ortschaft: ansehnliche Häuser auf großen, oft von meterhohen Mauern umzäunten Grundstücken, zu denen frisch asphaltierte Straßen führten.

In einem der nach westlichen Standards ausgestatteten Häuser wohnten Ileana und Traian. Mehr sie als er, denn obwohl er die Bürde der Geschäfte von PROGRESS hinter sich gelassen hatte, konnte er die Ruhe ihres Anwesens nicht genießen. Er vertrug ihre Zweisamkeit nicht mehr und trieb sich rastlos in der Stadt herum. Auch an diesem warmen Spätsommertag.

Ileana saß auf der Terrasse und ließ ihren Blick über den Hof schweifen. Er galt aber weder dem Grün der Blätter, noch ruhte er auf den schon üppig blühenden Frühlingsblumen, in deren Blütenkelche fleißige Bienen arbeiteten. Sie dachte an die zurückliegenden Jah-

31

re und kehrte immer weiter in ihre Vergangenheit zurück. Da war sie dann, die Zeit vor Traian. Es waren die langen Abende mit *Phönix* und später mit Adrian Păunescu, Nicu Alifantis und vielen anderen, längst Vergessenen, im *Cenaclul Flacăra* oder im Studentenheim oder ... Es gab keine politischen Gespräche in ihrer Clique. Nie. Der Nationalkommunismus wäre an ihnen damals spurlos vorbeigegangen, wenn die Lebensmittelknappheit nicht begonnen hätte, den Alltag der Menschen mehr und mehr zu belasten.

Ileana ertappte sich in letzter Zeit immer häufiger bei diesen Rückblenden in ihre Kinder- und Jugendzeit. Und sie genoss es. Das Umherstreifen im Dorf in den Karpaten. Die Märchen der Großmutter mit Wölfen und vielen Bären. Etwas von jener Unbeschwertheit schien sich in ihr konserviert zu haben und schenkte ihr jetzt wundersame Stunden des Glücks, der Ruhe. Es wurde oft dunkel und sie saß noch immer in ihrem Weidenstuhl. Auch jetzt, als das leise Quietschen des Tores sie in die Gegenwart zurückholte.

Traian fuhr in den Hof. Vor der Garage hielt er an und stieg aus. Das Haus war dunkel. Nur auf dem Terrassentisch bewegte sich eine kleine Kerzenflamme im Wind. Ileana rührte sich nicht. Sie sah zu, sah ihm einfach nur zu, ohne jede Anteilnahme, wie er ausstieg, die Fahrertür zuknallte, sich umsah und leicht schwankend auf sie zukam. Daraus konnte sie aber nicht schließen, ob er wohl wieder zu viel getrunken hatte, denn dieser wacklige Gang wurde bei ihm in den letzten Jahren immer ausgeprägter. Er blieb vor ihr stehen und schaute sie nur unverhohlen an, ohne ein

Wort des Grußes zu sagen. Dann beugte er sich vor und wollte seine Hand auf Ileanas freien Oberschenkel legen.

„Was soll das?", fuhr sie ihn an, obwohl er nicht nach Alkohol roch.
„Ich werde ja wohl meine Frau noch berühren dürfen", giftete er zurück.

Ileana erhob sich aus dem Sessel und ging in die Küche. Traian folgte ihr wortlos. Er setzte sich auf einen Stuhl und sah ihr zu, wie sie ihm ein Abendmahl zubereitete. Sie ist noch immer schön, dachte er sich dabei und spürte wie eine schon lange nicht mehr empfundene Begierde in ihm aufstieg.

Zwei Stunden später lagen sie im Bett. Sie hatte seinem Drängen nachgegeben, und das nicht zum ersten Mal. Doch es war auch diesmal wieder ein quälendes Unterfangen. Ileana verhielt sich sehr zurückhaltend und Traians Begehren mündete in ein klägliches Versagen. Er geriet in Rage und sprang aus dem Bett, und sie gab sich keine Mühe, ihren Hohn und Spott zu verbergen.

## II - 2

Es roch nicht gut in diesem Lift. Herbert benutzte ihn aber fast immer. Es sind der Treppen viele bis zum neunten Stockwerk. Noch eins höher und er würde unterm Dach wohnen. Dabei hatte er sich doch vorgenommen, so oft wie nur möglich das Treppenhaus zu benutzen. Nichts Besseres kann es für die Figur eines

Mannes, der die 60 ohne unappetitliche Fettpolster erreicht hat, ja wohl kaum geben. Wenn es nur nicht so miserabel riechen würde, auch im Treppenhaus. Dann doch lieber den Aufzug nehmen. Man ist schneller oben und unten.

Die Frau war im wahrsten Sinne des Wortes von Kopf bis Fuß bekleidet. Herbert hatte ihr den Vortritt in den Aufzug gelassen. Sie stand ihm mit gesenktem Blick gegenüber. Warum nur, fragte sich Herbert. Ich tu ihr doch nichts. Sehe ich so furchterregend aus? Die Frau verließ den Lift in der vierten Etage und Herbert musste lächeln. Er dachte an die junge türkische Frau, die eines Tages in ihre Abteilung gekommen war. Motorblockfertigung. Eigentlich nichts für Frauen. Sie wurde beim Bündeln der mit Blöcken beladenen Transportpaletten eingesetzt. Wie hat diese Frau sich geplagt. Ohne zu klagen. Und sie wollte sich nicht helfen lassen, traute sich kaum, den Blick zu heben, wenn ein Kollege ihr seine Hilfe anbot. Es dauerte Wochen, bis sie auftaute. Und dann war sie weg, hatte einen frauengerechten Arbeitsplatz bekommen. Ein Kollege erzählte ein paar Tage später, er sei ihr bei Schichtwechsel auf dem Parkplatz begegnet, hätte ihr gegrüßt und sie hätte ihn sehr schüchtern angeschaut, ohne seinen Gruß zu erwidern. „Weil ihr Mann an einem Auto in der Nähe auf sie wartete", warf ein anderer Kollege, der den Vorfall beobachtet hatte, ein.

Bleibt das jetzt meine Welt?, fragte Herbert sich, als er den Schlüssel im Türschloss zu seiner Zweizimmerwohnung umdrehte. Wenn er den Blick aus dem Schlafzimmer warf, sah er in einiger Entfernung die

Werkhallen, und wenn er auf den kleinen Balkon trat, fiel sein Blick auf den Friedhof. Soll dazwischen wirklich nichts mehr liegen, zwischen Fabrik und Friedhof, sinnierte Herbert. Er hatte sich einen frischen Kaffee aufgegossen und sich auf dem Balkon in einen Liegestuhl gesetzt.

Es wehte ein angenehmer Sommerwind, ganz leicht, kaum spürbar. Die Sonne senkte sich langsam irgendwo weit hinter der Stadt. Sie wird den Gestirnen Platz machen. Und er wird ihnen hier im neunten Stock näher sein als damals im Gras auf der Dorfgasse. Und doch wird er ihr Licht nicht so intensiv empfinden wie damals, als es noch keine Straßenbeleuchtung gab. Aber dagegen kannte er ein probates Mittel: Augen schließen und sich vom Winde tragen lassen.

Es war angenehm kühl an jenen in bläuliches Licht getauchten Sommerabenden mit Mondschein und Millionen Sternen. Sie lagen im Gras, die Füße halb im trockenen Wassergraben, die Hände unterm Kopf und die Blicke im Himmel. Das Dorf war ruhig und dunkel. Wie alt mögen sie damals gewesen sein. Zehn, elf? Die Eltern waren in den Häusern und machten sich keine Sorgen um ihre Zöglinge. Die Gassentürchen neben den Hoftoren standen offen. Man befürchtete nichts, war Teil einer wohltuenden Isolation. Die Welt mit ihren Gefahren war hinter dem Jagdwald, in der großen rumänischen Stadt. Dort warteten die Abenteuer auf sie, die Dorfkinder.

Auch auf ihn, den pubertierenden Jungen aus dem deutschen Dorf. Er war auf einem technischen Lyzeum gelandet. Seine Klassenkollegen waren natürlich in der Mehrzahl Rumänen, es gab aber auch Deutsche, Ungarn, Serben und Juden. Ein Universum tat sich auf. Herbert war längst unterwegs in den vertrauten Straßen. Er sah Gesichter und grübelte nach ihren Namen. Dem Vergessen Anheimgefallenes lief hinter seiner vom Wind angenehm gekühlten Stirn wie ein abgenutzter, nicht mehr ganz klarer Schwarzweißfilm ab.

Als Herbert Sternauer die Augen wieder öffnete, waren die Gestirne über ihm, vertraut wie damals im Gassengraben, aber nicht so klar, etwas verschwommen wie der soeben erlebte Film. Und plötzlich wusste der Mann auf dem Balkon im neunten Stockwerk, was noch zwischen Fabrik und Friedhof passt. Die Erinnerung reicht nicht aus. Es muss der Schritt zurück sein, zurück in die eigene Kindheit und Jugend.

Eine Woche später saß Herbert in seinem Audi A2 und fuhr auf einer ungarischen Autobahn in Richtung Rumänien.

## II - 3

„Wir gehen zum Rumänen", hatte Rosa Sternauer entschlossen gesagt, „das ist für alle besser". Der lange Tisch war festlich gedeckt. Der Rumäne, er nennt seine Sportgaststätte Restaurant, hatte für seine Gäste das Extrazimmer bereitgestellt. Damit der Tagesbetrieb nicht stört. Es lebten schon viele Rumänen in der Region. Da war beim einzigen Rumänen in der Stadt immer was los. Aber auch Rumäniendeutsche feierten ab und zu ein Familienfest in der Gaststätte. Paul

Sternauer war mit dem apodiktischen Vorschlag seiner Frau für die kleine Feier ihrer goldenen Hochzeit einverstanden gewesen. Widerspruch hätte sowieso nur zu unnötigen und wahrscheinlich fruchtlosen Diskussionen geführt. Also ging man zum Rumänen. Langsam trudelten sie ein: die Tochter mit ihrem Mann, die Enkelinnen und Enkel mit Anhang und der Urenkelschar und nicht zuletzt die Schwiegertochter. Nur Herbert fehlte. Er weilte wieder mal in Temeswar.

Das Fest konnte beginnen. Fünfzig Jahre verheiratet und bummelgesund. Wenn, ja wenn nur das nicht wäre, zeigte Rosa auf ihre geschwollenen Beine. Wasser. Ob das noch mal weggeht?

Der Rumäne lies auftragen. Es schmeckte. Auch der rumänische Wein, das Mineralwasser und die Zuika. Die goldene Hochzeit kam in Fahrt. Es wurde lauter. Die Gespräche verselbstständigten sich.

Christian saß neben seinen Großeltern. Sie waren stolz auf ihn. Er war erst vor ein paar Tagen aus Temeswar zurückgekommen. „Warst du auch in Jahrmarkt?", wollte die Großmutter wissen. Und wie das Dorf aussieht. Und ob er auch auf dem Friedhof war. Und ob der noch so ungepflegt daliege. Und, und … Natürlich war er nicht im Dorf des Jubelpaares gewesen. Aber das mussten die alten Leute ja auch nicht wissen. Er hatte schon öfter, wenn auch nur beiläufig, gehört, wie es um die zurückgelassenen Heimatwerte seiner Großeltern bestellt war. Das war von Dorf zu Dorf verschieden. Also erzählte er ihnen, dass es sowohl Positives als auch Negatives zu beobachten gab, dort unten, wie es bei ihnen hieß. Er werde aber bestimmt noch öfter in ihrem Heimatdorf vorbeischauen, liege es doch nicht weit von Temeswar entfernt … Und wer weiß, es könnte sein, dass er sich in Zukunft stärker in dieser Region in Südosteuropa engagieren werde.

„Na, du wirst ja wohl nicht zurückgehen wollen?", meinte der gefeierte Großvater.

„Zurück? Das geht gar nicht", lachte Christian, „zurück kann ich nur hierher nach Ingolstadt kommen. Weil ich hier geboren wurde. Aber ich kann dorthin gehen und länger bleiben."

„Und wenn du mal eine Familie hast? Willst du die dann mitnehmen?", mischte die Großmutter sich ein.

„Wenn ich dort eine gründen würde, müsste ich von hier keine mitnehmen", zwinkerte der junge Mann seiner Großmutter zu.

„Ob du dort aber noch eine deutsche Frau finden wirst?"

Und dieser Ton entsprach plötzlich gar nicht mehr dem bisher so entspannten Gesprächsverlauf. Christian kannte aber die Einstellung dieser Generation in Fragen der Ethnien und ließ sich seine Stimmung nicht vermiesen. Genauso fiel dann auch seine Entgegnung aus: „Ja, warum muss das unbedingt eine deutsche Frau sein?"

Er bemerkte sofort den kleinen Stimmungsumschwung bei den Großeltern und wollte trotzdem auf eine Antwort seiner Frage bestehen, als jemand in ihrer Nähe unverhohlen meinte: „Es wäre halt schön, wenn Herbert auch da wäre." Die Miene der Goldbraut verdunkelte sich jetzt bedrohlich.

„Der will doch gar nicht dabei sein. Wann wollte der denn schon was von uns wissen? Noch nie. Ich weiß gar nicht, ob der weiß, dass wir goldene Hochzeit haben. Wir haben ihm auch gar keine Einladung geschickt. Wozu auch? Dabei haben wir alles für ihn getan, alles."

Rosa Sternauers scharfer Blick flog in die Runde. Die Schwiegertochter war beim Rauchen. „Wir waren es, die ihn damals vor dieser Walachin gerettet haben", kam sie immer besser in Fahrt. „Der hätte sich doch ins Unglück gestürzt. Und das ist jetzt der Dank dafür. Hier, das hier habe ich ihm zu verdanken", zischte sie auf ihre angeschwollenen Beine zeigend. „Von den Nerven, die er uns damals gemacht hat, habe ich Zucker bekommen. Und der hat meine Beine kaputt gemacht. Nicht einmal zur goldenen Hochzeit seiner alten Eltern kommt er."
„Für seinen Vater hatte er auch nie etwas übrig", unterstützte Paul Sternauer seine Frau. „Wenn ich damals nicht in das Dorf zu diesen Walachen gefahren wäre, hätte er diese Fuchtel auch noch geheiratet. Wir haben ihn vor dem Schlimmsten bewahrt. Der hat doch kein Ehrgefühl im Leib. Ein Nichtsnutz. Sonst nichts. Gar nichts. Kein Mitgefühl mit seinen alten, kranken Eltern."
„Wir, wir haben einen Menschen aus ihm gemacht. Wer weiß, wo er heute wäre …", setzte die Hochzeitsjubilarin zu einer neuen Hasstirade an, als eine Tischnachbarin ihr trocken ins Wort fiel: „Na, in Rumänien … wo er jetzt auch ist."

Es hat eine der Enkelinnen einige Mühe gekostet, die zwei Alten von ihren Wutausbrüchen abzubringen. Aber gelungen ist gelungen, so dass die Stimmung sich langsam bessern konnte. Das hatte nach etwa drei Stunden auch etwas mit den gebrachten Torten und dem Kaffee zu tun. Nur Christian war die ganze Zeit sehr gelassen geblieben und hatte höchst interessiert zugehört. Da schau einer her. Was man ihm bisher alles verschwiegen hatte. Jahrmarkt war doch schon immer eine Insel der Glückseligkeit gewesen, die man nur unter menschenrechtswidrigen Umständen voller Gram im Herzen verlassen hatte.

Auch Schwiegertochter Erika Sternauer hatte diesen Augenblick des Friedens herbeigesehnt. Sie hatte mit ihrer Schwägerin vereinbart, dass sie vor dem Anschneiden der Geburtstagstorte die vielen per Post eingetroffenen Glückwunschkarten vorlesen werde. Dass dabei auch ein Brief von Herbert war, blieb bis zum großen Augenblick ihr Geheimnis. Dann war es aber soweit.

Natürlich wunderte sich niemand, dass sie vorher dem lieben Gott für die vielen glücklichen gemeinsamen Jahre des Jubelpaares, ihren lieben Schwiegereltern, dankte. Dass sich so mancher der Mannsleute ein spöttisches Mundwinkelspiel nicht verkneifen konnte oder wollte – die Frauen haben sich da in der Regel besser im Griff -, störte Erika nicht. Sie war das gewohnt. Also fuhr sie, beseelt von ihrer Mission, fort und begann zum Schluss ihrer kurzen, aber glaubensdurchdrungenen Ansprache die Briefe zu öffnen und die meist aus dem Ländle stammenden Glückwünsche von

Landsleuten und Verwandten aus der alten Heimat vorzulesen. Es waren unter den zutage beförderten Glückwunschkarten wirklich auch einige mit großer, zittriger Handschrift gefüllte DIN-A4-Seiten dabei. Man sah Erika die Ergriffenheit an. Ihre Stimme unterlag unüberhörbaren Schwankungen. Besonders ihr Schwiegervater, ausgestattet mit einem besonderen Hang zu Dramatisierungen aller Art, war zu Tränen gerührt. Mein Gott, war das schön. Das Herz könnte einem übergehen. Vor Glück natürlich. Alle dachten an ihn. An sie beide natürlich. Wie schön. Der undankbare Sohn war endgültig vergessen. Von Vater und Mutter gleichermaßen. Anders hatte er es auch nicht verdient, der Herbert.

Und Erika las und las. Und griff dann endlich zum letzten Couvert. Von ihrem Mann. Zwar war er an sie, Erika, adressiert, aber er enthielt bestimmt auch eine Glückwunschkarte für das Jubelpaar. Davon war sie felsenfest überzeugt. Es wird auch ihre, Erikas, Überraschung für die Schwiegereltern und die ganze Hochzeitsgesellschaft sein. Das Briefmesser zischte. Erika nahm die Karte aus dem Briefumschlag. Sie setzte zum Lesen an. Brach ab. Stille im reservierten Zimmer beim Rumänen. Sogar die Urenkel waren still. Erika war urplötzlich weiß wie der Kalk an der Wand geworden. Sie griff sich ans Herz. Ihr Körper schwankte. Der Mann einer Enkelin des gefeierten Paares fing sie geistesgegenwärtig auf und ließ sie auf einen Stuhl sinken. Erika war einer Ohnmacht nahe. Ein Chaos brach aus.

Die Glückwunschkarte, denn das war sie wirklich, lag

unter dem Tisch. Alle kümmerten sich nur um Erika. Notarzt oder nicht? Nur das Jubelpaar saß reglos am Tisch. Dann gab sie ihrem Mann einen Stups: „Dort, schau, dort liegt die Karte. Geh, hol sie. Bring sie mir." Großmutter Sternauers Augen waren vor Aufregung gerötet. Die Neugierde nahm ihr fast den Atem. Großvater Sternauer kam nur mit Mühe unter den Tisch. Aber er schaffte es. Und kam mit noch größerer Mühe wieder hervor. Mit der Karte. Die Jubilarin riss sie ihm aus der Hand. Auf der Vorderseite in einem Rosenstock eine große 50 und links und rechts je ein Ehering, darunter der Glückwunsch *Cele mai sincere felicitări pentru nunta de aur!* Die Innenseite enthielt nur drei Sätze: „Liebe Erika, ich lasse mich von dir scheiden. Mein Anwalt wird sich bei dir melden. Übermittle bitte meinen Eltern meine herzlichsten Glückwünsche zu ihrer goldenen Hochzeit. Herbert."

## II - 4

Hermine öffnete die Augen. Sie lag noch immer auf Christians linkem Arm. Er atmete so ruhig. Diesem schlafenden Wesen wohnte etwas Einnehmendes inne. Er hatte sie längst mit seiner Unaufdringlichkeit umgarnt, sie für sich eingenommen, ohne Besitzansprüche. Und komischerweise war ihr nie in den Sinn gekommen, dass er vielleicht auch egoistische Ziele verfolgen könnte. Bis gestern, als er ihr nach seiner Rückkehr aus Deutschland, ganz euphorisch erzählte, dass man ihn mit allen Verhandlungs- und Unterschriftvollmachten zur Eingliederung der Firma PROGRESS in den BÖTTCHERHOLZ-Konzern ausgestattet habe. Christian war nach einem wunderschönen Abend in

Hermines Wohnung, die sie erst kürzlich angemietet hatte, und einer stürmischen Liebesstunde um die Mitternachtszeit mit ihr in den Armen eingeschlafen. Schnell und völlig entspannt. Und so lag er noch da. Könnte er das auch, wenn seine Beziehung zu ihr auf einem Geflecht von Hintergedanken beruhen würde? Nein, sagte sie sich immer wieder, nein, er könnte unmöglich so ruhig schlafen. Dann schien der Schlaf ihn zu verlassen. Hermine versuchte ihren Atem ganz anzuhalten, was natürlich nicht gelang. Sie wollte jede Bewegung, jeden Gesichtszug seines Erwachens genießen.

Dann war er da, drehte ihr sein Gesicht zu. Sein erstes Lächeln dieses Tages galt ihr. Und sein jetzt wacher Blick ruhte auf ihren Zügen. Es bedurfte keiner Worte. Zumindest nicht bis zum Frühstück. Sie saßen sich am Küchentisch gegenüber. Der dampfende Kaffee löste zuerst Christians Zunge. Und das wiederum löste bei Hermine Erstaunen aus. In ihrem Kopf hatte sich die Erwartung festgesetzt, dass jetzt eine ausführliche Erläuterung der Aufgaben des Managers der deutschen Firma BÖTTCHERHOLZ einsetzen würde. Dem war aber mitnichten so.

„Mein Vater muss sich hier in der Gegend herumtreiben", sagte Christian nach einem kräftigen Schluck aus der Kaffeetasse.
Hermine wusste nicht, wie ihr geschah. Sie war ob dieses Sachverhaltes total von der Rolle und brachte nur ein „Wie bitte?" hervor. Besonders der fast heitere und keineswegs verbitterte Klang des Wortes „herumtreiben" verwirrte sie. Christian schien diese

Verwirrung seiner Geliebten zu genießen und versuchte erst gar nicht, einen erklärenden Ergänzungssatz zu formulieren. Es dauerte dann auch eine gefühlte Ewigkeit, bis sie eine klare Nachfrage formulierte, worauf Christian ihr seine Familienverhältnisse zum dampfenden Kaffee servierte.

„Und wo, denkst du, könnte er sich aufhalten?", fand Hermine endlich einen Einstieg in dieses Frühstücksgespräch.

„Keine Ahnung. Das wollte ich ja dich fragen. Ich kenne diese Stadt nicht ... oder noch nicht. Und bis ich ihn ohne Ortskenntnisse finde, ist er bestimmt wieder zu Hause in seiner Wohnung."

„Christian, diese Stadt hat über 300.000 Einwohner und ein sehr großes Einzugsgebiet. Da kann er überall und nirgendwo sein."

„Irgendetwas muss ihn aber zurückgetrieben oder gerufen haben. Mein Papa ist finanziell potent. Der hätte sich genauso in Übersee eine mehrwöchige Auszeit nehmen können. Für eine Einzelperson kostet das nicht die Welt. Aber er ist hier. Es kann also nur seine Jugendzeit oder irgendetwas oder irgendjemand aus dieser Zeit sein, das oder die ihn zu dieser Reise bewogen hat."

„Aus diesem Land sind nach dem Sturz der kommunistischen Diktatur fast alle Deutschen ausgewandert. Von denen zieht es immer wieder einige für ein paar Tage zurück. Weiß er überhaupt etwas von deinen Projekten in Temeswar?"

„Nein", sagte Christian zwischen zwei Croissantbissen, „als ich ihm von meinem Engagement hier erzählen wollte, war er weg."

„Und das tut dir jetzt leid", bemitleidete Hermine ihren

Christian. „Hattest du ein gutes Verhältnis zu ihm?"

„Sagen wir mal so, nüchtern, aber doch etwas besser als zu meiner Mutter."

„Ganz normal ist das aber nicht", traute Hermine sich jetzt entschlossener an das Thema heran. Sie spürte intuitiv, dass Christian es ehrlich meinte und sie in diese Geschichte nicht einweihen würde, wenn er kein Vertrauen in sie hätte. Und das war doch genau der Liebesbeweis, den sie brauchte, um die nächtlich aufgekommenen Zweifel in ihr zu zerstreuen.

„Also sagen wir mal so, ich war weder ein Mama- noch ein Papakind. Daher hatte ich nie Abnabelungswehen, auch wenn ich bis heute in der elterlichen Wohnung geblieben bin. Das sollte sich aber jetzt", Christian zwinkerte Hermine mit gespielten Sorgenfalten auf der Stirn zu, „wo ich vielleicht länger hier bleibe, ändern."

Die junge Frau am Küchentisch hatte längst erkannt, dass ihr Gegenüber von dem Zerwürfnis seiner Eltern nicht besonders gerührt war; ganz anders als sie. Die auseinanderdriftende Beziehung ihrer Eltern machte ihr schon lange zu schaffen. Und Christian wusste das. Er hegte die nicht geäußerte Hoffnung, dass ein eventueller Einstieg seiner Firma bei PROGRESS sich auch positiv auf das für Hermine so belastende Familienverhältnis auswirken könnte. Daher war er froh, dass er diese Geschichte mit seinem Vater so locker, ja fast anekdotenhaft darstellen konnte. Die nicht geäußerte Botschaft für Hermine war klar: So etwas wie in eurer Familie gibt es überall und das ist noch lange kein Beinbruch, denn irgendwann kommt wieder alles ins rechte Lot.

„Also meinst du nicht, dass wir eine Suchanzeige bei der Polizei aufgeben sollten", steuerte Christian mit einem unverhohlenen Schmunzeln auf das Ende dieses Gesprächsstoffes zu. „Dann überlassen wir alles dem Zufall. Es wäre doch toll, wenn wir uns über den Weg laufen würden. Oder wie siehst du das?"

„Ein Sohn und sein verlorener Vater, oh ja, das hat schon seinen Reiz", erwiderte Hermine, die sich jetzt von der Lockerheit Christians anstecken ließ und den Schwenk zu dem anderen Thema, das sie eigentlich beschäftigte, hing davon doch vielleicht die Weiterexistenz ihrer Familie ab, ohne Verkrampfung schaffte. „Da wirst du aber eine vernünftige Arbeitseinteilung brauchen, nehme ich an. Oder bist du nicht allein gekommen?"

„Natürlich bin ich allein gekommen. Mein Kollege mit den Rumänischkenntnissen absolviert auch gerade einen Auslandsaufenthalt und ich habe meinen Vorstandskollegen versichert, dass ich sowieso einen hervorragenden Dolmetscher - oder sagte ich gar Dolmetscherin?, na wie auch immer -, habe." Das sagte Christian mit einem Blick auf die Uhr und fuhr fort: „Wir haben uns doch mit Vasile in der Firma verabredet. Hast du heute keine Vorlesungen?"

„Doch, aber die müssen ohne mich stattfinden", entgegnete Hermine. „Für die nächsten Termine sollten wir uns aber so absprechen, dass ich beides auf die Reihe kriege."

## II - 5

Christian steuerte seinen Audi A3 vor das Verwaltungsgebäude von PROGRESS. Er hatte sich bewusst für einen kleinen Firmenwagen entschieden, denn Protzen wäre jetzt das Falscheste, was er hätte tun können. Der etwas skeptisch dreinblickende Pförtner hatte Hermine auf dem Beifahrersitz erkannt und sie durchgewunken. Christian war drauf vorbereitet, die gesamte Familie Roman im Büro anzutreffen. Außer Hermines Mutter Ileana war aber niemand da. Die empfing Christian mit großer Zuvorkommenheit und versuchte, die nicht anwesenden Geschäftsführer zu entschuldigen. Ihre Erklärungen wirkten aber eher hilflos als aufhellend. Christian hingegen profitierte zum ersten Mal von den Hinweisen seines Vaters auf die Mentalität der Rumänen. Und er gestand sich schnell ein, dass er diesen verspäteten oder gar verpassten Termin gar nicht als Katastrophe empfand, fühlte er sich doch in der Gesellschaft der zwei Frauen ausgesprochen wohl. Natürlich wusste Ileana längst von der Beziehung ihrer Tochter zu diesem deutschen Manager. Aber dass sie von Beginn an nichts dagegen hatte, wunderte Hermine schon, wo ihre Mutter den Mann doch noch nie zu Gesicht bekommen hatte. Und ihr, Hermine, war sogar ein wenig bange vor diesem ersten Treffen. Umso glücklicher war sie aber jetzt, als sie sah, dass die Chemie zwischen Christian und ihrer Mutter sofort stimmte. Ileana hatte einen Kuchen gebacken und die drei erzählten bei einem vormittäglichen Kaffe-und-Kuchen-Klatsch über Gott und die Welt, nur nicht über Wirtschaftsprobleme.

Es war bei diesem angenehmen Kennenlernen 11 Uhr geworden, als das Telefon klingelte und Vasile mitteilte, dass er nicht zu dem Termin kommen könne. Traian ließ gleich gar nichts von sich hören. Vasile schlug immerhin einen neuen Gesprächstermin für den nächsten Tag um 16 Uhr vor. Ileana war das alles sehr peinlich. Dass ihr Mann nicht erschienen war, berührte sie weniger als Vasiles Absage. Und besonders das Bild einer unzuverlässigen Familie quälte sie. Zusätzlich spürte sie, dass das Schicksal der Firma in der Hand dieses Managers aus Deutschland liegen könnte. Und dass Hermine in diesen Wirtschaftsfragen nur mäßigen oder gar keinen Einfluss haben wird, war ihr ziemlich klar, obwohl das Bonmot „Frauen im Bett haben schon Kriege entschieden" sich bei ihr in einer Hirnzelle festgesetzt hatte. Mutterinstinkte eben.

Dieser missglückte Geschäftstermin fand im Hause der Romans mit einem reichen Mittagmahl und einem angeheiterten Seniorgeschäftsführer der Firma PROGRESS sein Ende. Traian war nämlich pünktlich zum Mittagsläuten aufgetaucht und ebenso wie seine Frau von dem deutschen Freund seiner Tochter angetan. Dass Christian eigentlich zu Firmengesprächen angereist war, schien ihn nicht besonders zu beschäftigen.

Christian selber war auch jedweden Argwohns abhold, folgte dem Nachmittag doch ein schöner Abend und eine noch viel schönere Nacht. Mit Hermine, versteht sich. Er war eben nicht in Deutschland. Das wusste er doch. Also warum trüben Gedanken nachhängen, wo in diesem Land ein nicht wahrgenommener Termin doch noch lange kein Weltuntergang bedeutet.

Den nächsten Morgen verbrachte Christian in der Fußgängerzone, nachdem er Hermine zur West-Universität gefahren hatte. Sie wollten sich um 13 Uhr treffen, um gemeinsam zu Mittag zu essen und die Zeit bis 16 Uhr im Zentralpark oder am Bega-Kanal zu verbringen. Christian war beeindruckt von der Gestaltung dieses Stadtensembles. Die Zeile von der Oper bis zur orthodoxen Kathedrale war breit und mit Bauten aus der Zeit um 1900 gesäumt. Durch die Mitte zog sich ein Grünstreifen mit vielen Sitzgelegenheiten. Über dem ganzen Ensemble lag ein Flair habsburgischer Blütezeit. So wirkte es zumindest auf Christian, der sich plötzlich dabei ertappte, Gedanken nachzuhängen, die ihm bis dahin völlig fremd waren. Bruchstücke von Erzählungen seiner Großeltern aus ihrem Leben im Banat umschwirrten ihn plötzlich. Hier müssen doch Generationen seiner Vorfahren vorbeigekommen sein. Auch wenn sie nur selten aus ihren Dörfern in die Stadt kamen, war das hier der administrative Mittelpunkt ihrer Existenz. Den jungen Mann überkam ein Gefühl von epochenübergreifender Fassbarkeit. Und Hermine stand an einem Ende dieser Jahrhunderte einschließenden Zeitspanne. Er liebte sie. Vielleicht führt sie ihn zurück in der Zeit und gleichzeitig in eine gemeinsame Zukunft - hier, in der Stadt, deren Umland die Heimat seiner Vorfahren war. Mit einem wohligen Gänsehautgefühl betrat er eine Caféterrasse, ließ sich an einem Tisch mit Blick auf die Promenade nieder und hing seinen Vergangenheits- und Zukunftsgedanken bei einem Kaffee nach.

# III. Kapitel

## 1

16 Uhr. Und alle waren da, in den Geschäftsräumen der PROGRESS SRL. Christian hatte auf jeden Fall das Gefühl, dass er für dieses Gespräch, das er nur als das erste in einer weiteren Kette sah, gut vorbereitet war. Besonders über die rechtliche Form der Firma hatte er sich mit den Juristen von BÖTTCHERHOLZ intensiv unterhalten. Die rumänische Gesellschaftsform SRL entsprach der deutschen GmbH.

Ileana hatte sich wieder alle Mühe gegeben, eine Wohlfühlatmosphäre herzustellen, die das Gespräch der Männer erleichtern sollte. Ihr war von Anfang an klar, dass es hier nur um die Existenz ihres Betriebes gehen konnte. Und sie hat in der letzten Zeit viel unter der Ungewissheit gelitten. Wie kann, wie wird es weitergehen? Ihr Mann schien die Firma schon lange abgeschrieben zu haben. Traian soff von Tag zu Tag mehr. Auf ihn war in dieser Sache kein Verlass.

Es war klar, dass der Verhandlungsführer seitens der rumänischen Firma nur Vasile Roman heißen konnte. Er war Gesellschafter und Geschäftsführer, alle Fäden liefen bei ihm zusammen. Und Ileana traute ihm nicht. So schrecklich es auch klingen mag: Sie traute ihrem eigenen Sohn nicht. Schon die längste Zeit quälte sie eine schwammige Ahnung, nämlich, dass Vasile ihnen, ihr und seinem Vater, Dinge verheimlichte, die etwas mit der Situation der Firma zu tun hatten. Wenn er schon Traian nicht alles sagen wollte … Aber ihr? Das

Eintreten dieses deutschen Managers in ihr Leben konnte sie nur wenig beruhigen. Selbst sein Verhältnis zu Hermine war natürlich keine Garantie für die Rettung von PROGRESS. Dementsprechend angespannt war Ileana auch. Und es kostete sie sehr viel Kraft, diese geballte Angst, die von ihr Besitz ergriffen hatte, nicht zu zeigen.

Die zwei Frauen und drei Männer unterhielten sich zu Beginn des Gesprächs über ganz belanglose Dinge und näherten sich nur langsam dem heiklen Thema. Christian Sternauer erzählte mit bewusst entspanntem Unterton in der Stimme von den Produkten seiner Firma, dem wirtschaftlichen und politischen Umfeld, in dem sie existiert, und nur beiläufig erwähnte er auch, dass BÖTTCHERHOLZ sich im weltweiten Wettbewerb behaupten muss. Hermines Blicke hingen an Christians Lippen. Sie sog jedes seiner Worte förmlich auf und gab ihnen Gestalt in der rumänischen Sprache. Als Studentin der Germanistik waren die Ausführungen ihres Geliebten für sie weitgehend Neuland und sie befürchtete, vielleicht etwas schlecht zu verstehen und dadurch beiden Seiten mehr zu schaden als zu helfen. Christian näherte sich sehr bedacht dem Kern seines Angebots. Er sprach auch bewusst, sehr langsam und ruhig, ohne Begleitgestik, um Hermine keinem unnötigen Dolmetscherstress auszusetzen.

„Wir verhandeln gerade auch mit einer finnischen Firma", sagte Christian und blickte dabei Vasile direkt an. „Die ist zwar etwas größer als PROGRESS, aber die Gesellschaftsform ist so ähnlich."
„Und die wollt ihr schlucken", sagte Vasile in nicht

gerade freundlichem Ton.

„Natürlich nicht", gab Christian sich ganz gelassen und sogar ein wenig erheitert, „wir sind ja kein Heuschreckenschwarm. Shareholder hin oder her. Wir sind nicht nur auf Gewinn, sondern auch, nein, vor allem auf Nachhaltigkeit aus. Das ist wirklich ein wesentlicher Teil unserer Unternehmensphilosophie. Wenn man sich die Geschichte von BÖTTCHERHOLZ anschaut, wird man schnell erkennen, dass dieser Konzern noch nie eine wie auch immer erworbene Firma abgestoßen hat. Im Gegenteil, in marode Unternehmen wurde investiert, und Arbeitsplätze wurden, wo immer es nur einigermaßen ging, erhalten. Das wird bei PROGRESS nicht anders sein. Wir suchen ja auch nach einem Standbein auf dem südosteuropäischen Markt. Und dabei könnte PROGRESS uns helfen. Es geht hier also um Partnerschaft und nicht um Übernahme."

„Sie sagten, wie auch immer erworbene Firma. Was meinen Sie damit, Herr Sternauer?", fragte Vasile. Der Junge ist hellwach, ging es Ileana durch den Kopf, und sie schämte sich fast wegen ihres Misstrauens gegenüber dem eigenen Sohn. Zum darüber Nachdenken war jetzt aber keine Zeit, denn Christian antwortete gleich, und das ohne Umschweife.

„Fusionieren wäre zum Beispiel eine Lösung. Viele unserer Unternehmensteile haben sich nach Fusionierungen hervorragend entwickelt."

„Das hieße doch, PROGRESS würde Teil von BÖTTCHERHOLZ und seine Selbstständigkeit endgültig verlieren", entgegnete Vasile und fügte mit vernehmlichem Spott in der Stimme hinzu, „oder wollen Sie mir vielleicht weismachen, dass aus dieser

Fusion ein BÖTTCHERHOLZ-PROGRESS-Konzern entstehen wird?"

Auch Christian war hellwach und spürte, welche Richtung dieses Gespräch nehmen könnte, wenn er nicht voll konzentriert bleibt. Er konterte sofort in entschlossenem Ton:

„Alle Firmen haben ihre Eigenständigkeit bewahrt und den Namen ihrer Produkte beibehalten. PROGRESS soll eine Bereicherung für unsere Produktpalette werden. Natürlich kann der Konzernname nicht mit jeder neu integrierten Firma geändert werden. Wir würden doch so unseren weltweiten Bekanntheitsgrad verlieren."

Hermine übersetzte Christians Worte sehr langsam. Sie sah ihrem Bruder direkt in die Augen. Ihre Stimme klang eindringlich und hatte einen flehenden Unterton. Es war klar, wen sie in diesem Gespräch unterstützte. Trotzdem blieb sie ihrer Dolmetscherrolle stoisch treu und fügte keiner Argumentation der beiden Kontrahenten etwas hinzu oder ließ etwas weg. Dass dieses Gespräch unverhofft auf eine Konfrontation statt auf eine Partnerschaft hinauslief, beunruhigte auch Ileana immer stärker. Ihr Unbehagen über Vasiles Verhalten verstärkte sich von Minute zu Minute. Sie war ja auch als Mutter, oder vorwiegend als Mutter, zu diesem Gespräch gekommen. Und als solche glaubte sie jetzt auch, eingreifen zu müssen.

„Vasile, denk mal an die großen Konzerne in Deutschland. Da gibt es doch einige, die mehrere Firmen einverleibt haben und …"

Weiter kam sie nicht. Der Angesprochene wurde jetzt

ungehalten: „Misch du dich nicht ein", sagte er zu seiner Mutter. „Hier geht es um die Existenz meiner Firma und nicht um die Liebschaft deiner Tochter."

Hermine hatte das Dolmetschen aufgegeben. Sie schrie ihren Bruder an: „Du solltest dich schämen, so mit Mutter zu reden. Ohne sie hättest du bis heute keinen Fuß in dieser Tür. Sie war es, die Vater überzeugt hat, dich zum Mitgesellschafter zu machen. Das ist jetzt dein Dank dafür. Du hast es gar nicht verdient, dass man dir hilft." Und zu Christian gewandt: „Komm, gehen wir, das hier hat keinen Sinn."

„Nein", erwiderte der mit ruhiger Stimme. „Nicht so. Erstens: Da scheint ein Missverständnis vorzuliegen. Ich wurde nicht von BÖTTCHERHOLZ hierher geschickt, um eine Firma zu vernichten, sondern um einen Firmenpartner zu gewinnen. Wir wissen auch, dass Betriebe dieser Größe mit einer emotionalen, oft sehr stark emotionalen, Führungskultur geleitet werden. Daher ist es so, dass die mit uns fusionierten Firmen bisher ihre Geschäftsführer alle behalten haben, sofern sie nicht freiwillig mit einer sehr guten Abfindung ausscheiden wollten. Einige von ihnen sind als leitende Angestellte schon viel länger im Konzern als der älteste meiner Vorstandskollegen. Und das bestimmt nicht zu einem Hungerlohn. Und zweitens, denken Sie, Herr Roman", jetzt wurde Christians Stimme plötzlich schneidig, „denken Sie an ihre Mitarbeiter. Ich habe Ihre Bücher noch nicht gesehen, aber dass Sie bald in Zahlungsschwierigkeiten kommen könnten, haben Sie mir ja schon gesagt."

Hermine hatte zusehends Schwierigkeiten, die Ruhe und vor allem den letzten Funken Neutralität beim

Übersetzen zu bewahren, während Vasile Roman, der Geschäftsführer, jetzt einen vor Wut roten Kopf bekam.

„PROGRESS wird PROGRESS bleiben. Das können Sie ihren BOTKEROLZ-Kollegen sagen. Und wenn Sie heimfahren, können sie Hermine gleich mitnehmen. Wenn Sie glauben, ich bin mir nicht bewusst, wer diese Geschichte hier eingefädelt hat, dann täuschen Sie sich aber gewaltig, Herr Sternauer."

Das war harter Tobak. Und für so manchen Manager, der ganz klar am längeren Hebel saß, wäre das wohl auch das Ende dieses Gespräches gewesen. Nicht aber für Christian. Der war nicht nur talentiert in seinem Fachbereich, sondern wusste auch, wie ein schiefer Familiensegen aussah. Und so reagierte er jetzt in dieser Runde mit zwei am Boden zerstörten Frauen, einem teilnahmslosen Seniorgesellschafter und einem unbewusst gegen Windmühlen anrennenden Juniorgesellschafter und Geschäftsführer in Personalunion mit Gelassenheit.

„Gut, Herr Roman, ich schlage vor, wir beenden jetzt dieses Gespräch, brechen unseren Kontakt aber nicht ab. Vielleicht gibt es ja noch andere Wege, auf denen wir Ihnen helfen können. Dass wir unsere eigenen Interessen aber dabei nie aus den Augen verlieren werden, dürfte Ihnen wohl klar sein. Ich werde übermorgen zurückfliegen und meine Vorstandskollegen informieren. Es wird bestimmt zwei oder auch drei Wochen dauern, bis ich wieder zurückkommen könnte. Denn unsere Rechtsabteilung, muss von uns unterbreitete Vorschläge auch prüfen. Sie wissen ja, rumänisches, deutsches und europäisches Recht sind nicht immer im Handumdrehen unter einen Hut zu bringen. Aber ich bin mir fast sicher, wir werden Ihnen eine Alternative zu einer erfolgreichen Zusammenarbeit anbieten können. Vorausgesetzt, Sie wünschen das überhaupt. Ich will Ihnen zum Abschied nur noch mit auf den Weg geben, dass man sich beim Deutschsprachigen Wirtschaftsclub Banat über das Weiterbestehen der Firma PROGRESS und einer wie auch immer gearteten Zusammenarbeit mit BÖTTCHERHOLZ freuen würde. Das hat man mir klar zu verstehen gegeben."

„PROGRESS ja, aber nicht BOTKEROLZ", antwortete Vasile trotzig.

Zehn Minuten später schlenderten Christian und Hermine Hand in Hand durch den Zentralpark. Es war ein warmer Sonnennachmittag. Von der Bega herauf wehte eine kühle Brise. Sie ließen sich auf eine Bank nieder. Hermine lehnte ihren noch heißen Kopf an Christians Schulter.

„Warum hast du das getan?", fragte sie.

„Was?", fragte er zurück.

„Meinem Bruder eine zweite Chance zu geben."

„Für dich."

„Er hat es aber nicht verdient."

„Aber du."

„Ich habe damit nichts zu tun."

„Lüg' dich nicht an. Und deine Eltern? Ohne die Firma kannst du diese Ehe vergessen … Entschuldige."

„Nein, das ist nicht nötig. Du hast recht. Aber wirst du überhaupt noch etwas machen können?"

„Das weiß ich nicht. Ich weiß aber, dass es in anderen

Ländern und sogar bei uns in Deutschland nicht einfacher ist, wenn kleine Firmen in großen aufgehen."

## III - 2

Die Kinder waren um diese Jahreszeit schon in den Sommerferien. Aber das ist vorbei, dachte Ileana. Schon seit einigen Jahren. Ihre Kinder sind erwachsen. Hermine und Vasile. Und ihre eigene letzte Sommerferien? Vierzig Jahre liegt die nun schon zurück. Es war jener Sommer nach dem Abitur. Und Herbert war weg. Ileana ging jetzt ziellos über die Loydzeile. Das Gespräch vor einer halben Stunde war noch in ihrem Kopf. Und in ihrem Herzen. Traian war so teilnahmslos gewesen. Es ging ihm nicht gut. Er wollte nach Hause. Vasile hat ihn heimgebracht. Allein wollte er nach Hause. Nur ruhen, sagte er. Wenn sie noch in der Stadt bleiben wolle, hätte er nichts dagegen, hatte er gesagt. Das war neu, völlig neu. Traian ist müde, lebensmüde, spuckte es in ihrem Kopf. Er wird doch nicht … Nein, nicht der … Es sind die Jahre, das Alter … Dann stand sie vor dem Schaufenster der Eminescu-Buchhandlung. So viel hat sich geändert, so Viele sind gegangen, so Viele sind gekommen, sie ist geblieben auf der Loydzeile, rechter Hand auf dem Weg von der Oper zur Kathedrale, die Eminescu-Buchhandlung. Generationen von Schüler, Lehrer und Literaturliebhaber sind hier ein- und ausgegangen.

Ileana hatte die Bücher im Schaufenster und die Kunden im Buchladen im Blick. Obwohl der Abend noch weit war, brannte drinnen das Licht. Die Buchhandlung lag auf der Westseite, also jetzt am späten

Nachmittag auf der Schattenseite der Loydzeile. Es war so merkwürdig. Dass sie gerade jetzt an ihren Abitursommer denken musste. Aber alles war diffus. Nichts von damals hat klare Konturen bewahrt. Die Bilder waren so verschwommen. Ihr Zeitgefühl war ihr längst vor dem Schaufenster abhanden gekommen. Da stand ein Mann. Halbrechts im Laden, am ersten Büchertisch hinter dem Schaufenster. Er schien im Schmökern vertieft zu sein. Vielleicht ihres Alters? Er hob ab und zu den Kopf, blickte von dem Buch in seiner Hand auf. Sportschuhe. Jeans. T-Shirt. Sonnenbrille. Dreitagebart. Gebräunt. Ohne Fettpolster. Braunes Haar mit einigen Silberfäden. Und im Werden begriffene Geheimratsecken. Nur das Gesicht verriet das Alter. Sie könnte sich auch täuschen. Vielleicht ist das nur ein Mittfünfziger oder noch jünger. Ileana erschrak fast, als ihr klar wurde, dass sie sich seit einigen Minuten, vielleicht zwei, drei, mit der Gestalt am Büchertisch beschäftigte. Das Gesicht … Diese Züge … Ohne die Sonnenbrille … Mit Augen … Blau waren sie … Welche Augen? Bin ich verrückt? Der Mann rührte sich nicht vom Fleck. Vielleicht sucht er ein gewisses Buch, eine Neuerscheinung … Die Sonnenbrille verbarg seine Augen. Ileanas Blick hob sich immer wieder. Sie hätte längst weitergehen sollen. Aber sie stand reglos, wie angewurzelt. Sie spürte ihre Wangen glühen. *Gabriela Adameșteanu* stand auf dem Deckel des Buches direkt vor ihr hinter der Scheibe, und der Titel: *Întâlnirea* (*Die Begegnung*). Jetzt gehe ich aber, kämpfte sie gegen das Unerklärliche in ihr – und hob noch einmal den Blick. Der Mann hatte sein Buch hingelegt. Sein Gesicht hatte sich unverkennbar der Frau, die draußen vor dem großen Schaufenster stand, zugewandt. Seine Hand hob sich langsam, unnatürlich langsam. Er nahm die Sonnenbrille ab. Zwei Blicke waren von einer Schaufensterscheibe getrennt. Wie lange wohl? Eine gefühlte Ewigkeit für beide. Ileanas Herz war am Zerspringen. Herbert bewegte sich zuerst. Nur eine flache Stufe trennte den Raum der Buchhandlung vom Trottoar. Sie standen voreinander. Keines Wortes fähig. Ihre Blicke waren jetzt scheibenfrei. Und die Augenpaare dieselben wie vor 40 Jahren. Er hielt ihr beide Hände hin und sie legte ihre hinein. Dann gingen beide in Richtung Kathedrale. Ein fremder Beobachter dieser Szene hätte sich lediglich dabei gedacht, hier hat eine Frau auf ihren wissbegierigen Mann gewartet.

## III – 3

*Abends zündeten sie manchmal die Öllampe an und lasen, meist aber saßen sie auf gefalteten Decken vor dem Kamin, redeten, schwiegen, sahen den über die Scheite huschenden Flammen zu und beobachteten den Widerschein des Feuerspiels auf ihren Gesichtern.*
*Gegen Ende ihrer gemeinsamen Zeit sagte Katherine eines Abends leise und wie in Gedanken: »Wenn wir auch sonst nichts mehr haben, Bill, so hatten wir doch immerhin diese Woche. Klingt das sehr nach Klischee, wenn ich das sage?«*
*»Es ist egal, wie es klingt«, sagte Stoner und nickte. »Es stimmt.«*
*»Dann sage ich es«, sagte Katherine. »Wir hatten immerhin diese Woche.«*

„Ja, dieses Wochenende", sagte Ileana. Ihr Kopf ruhte

auf Herberts Schulter. Der spürte die tiefe Traurigkeit in diesen Worten und schlug das Buch zu. Er hatte ihr vorgelesen, aus *Stoner*, deutsch. Sie verstand ihn fast immer, auch dann, wenn er sie hie und da in seiner Muttersprache ansprach. Sonst unterhielten sie sich aber immer auf Rumänisch. Die letzten Worte hatte sie jedoch deutsch ausgesprochen. Und gut, sehr gut sogar, fand Herbert. Nur der Klang in dieser Stimme, er brachte ihn zurück in den Alltag. Und er fand keine Erwiderung. Sie saßen auf der Terrasse des Holzhauses, weit weg vom Dorf, auf einer Puszta, die ein Freund von ihm vor noch gar nicht langer Zeit gekauft hatte. Herbert hatte ihn in der Stadt getroffen und der Mann überließ ihm das nur als Wochenenddomizil benutzte Haus gerne für ein paar Tage.

Hinter der Autobahn lag das Dorf. Es war Herberts Geburtsort. Dort hatte er seine Kindheit verbracht. Jetzt kannte er dort keinen einzigen Menschen mehr. Die Geschichte war über ihn hinweggerollt. Die Sonne schickte sich an, hinter der Autobahn zu verschwinden. Der Sonntag ging zur Neige. Und mit ihr drei Tage und Nächte in einem nicht enden wollenden Liebesrausch zweier Menschen, die wahrlich dran glaubten, ihre Jugendjahre aus der Tiefe der Zeit hervorzaubern zu können. Bis jetzt, zum Sonnenuntergang. Mit ihm sank auch die Zuversicht.

„Warum hast du das damals getan?", fragte Ileana. Herbert spürte die Knödel in seinem Hals. Er hatte seinen Arm um die Schulter seiner Jugendliebe gelegt. Es dauerte eine gefühlte Ewigkeit, bis er antwortete, ruhig, mit leiser aber bestimmter Stimme:

„Das war die Agonie. Die Auswanderungsagonie. Ich wollte nach Deutschland. Um jeden Preis! Und Erika war meine Chance. Ihre Eltern hatten den richtigen Draht und das Geld von ihren Verwandten."

„Und dafür hast du sie geheiratet?"

„Ja."

„Und der Preis, den du dafür gezahlt hast, war ich?"

„Ja, du und mein verkorkstes Leben danach."

Ileana blickte zu Herbert auf. Ihre Lippen fanden sich zum tausendsten Mal in diesen drei Tagen und zwei Nächten. Und eine Nacht, eine nur, aber immerhin eine, hatten sie noch vor sich. Die Sonne war längst untergegangen und die zwei der Zivilisation entwischten Sechzigjährigen machten keine Anstalten zum Schlafengehen. Der Mond und Millionen Sterne leisteten ihnen stumme Gesellschaft. Sie hatten kein Licht eingeschaltet, weder im Haus noch auf der Terrasse. Nur ab und zu vernahm man von der fernen Autobahn das Aufheulen eines Motors. Wahrscheinlich ein Motorradfahrer. Hier draußen zirpten nur die Grillen und gelegentlich hörte man einen Frosch quaken. Ileana und Herbert unterhielten sich weiter, aber unbewusst leise. Sie hatten eine Flasche Wein geöffnet und Herbert füllte zwei Gläser. Sie stießen an.

„Auf uns", sagte er.

„Als Dank für die drei schönsten Tage meines Lebens", sagte sie.

„Nein, auf unsere Zukunft", erwiderte er.

„Zukunft?"

„Ja, ich werde mein Leben kein zweites Mal versauen."

„Wie meinst du das?"

„Du kommst mit mir."

„Nach Deutschland?"

„Ja, wir leben in einem vereinten Europa. Da ist das kein Problem mehr."

„Herbert, bitte, du weißt doch, dass das nicht möglich ist."

„Warum nicht?"

„Weil ich eine Familie habe."

„Die habe ich auch, oder besser gesagt, die hatte ich auch."

„Was willst du damit sagen?"

„Ich habe meiner Frau geschrieben, dass ich die Scheidung beantragen werde … Und dass ich längst aus unserer gemeinsamen Wohnung ausgezogen bin, habe ich dir ja gesagt."

„Traian ist krank", sagte Ileana nach einer Pause. „Ich kann ihn jetzt nicht verlassen. Das wäre sein Tod."

„Auch wir, du und ich, haben ein Recht auf Liebe", sagte Herbert.

„Ja, aber nicht um jeden Preis", antwortete sie.

„Du willst dich an mir rächen."

„Nein, hör auf. Du weißt genau, dass ich dich liebe und immer geliebt habe. Aber ich kann mein Leben nicht ungeschehen machen."

„Wie soll ich ohne dich …?"

„Hör auf zu dramatisieren. So wie du bisher ohne mich konntest, so wirst du es auch in Zukunft können. Und wer weiß schon, was der morgige Tag bringt."

Dann schwiegen beide. Herbert kannte die Frau an seiner Seite gut genug, um nicht zu wissen, dass es jetzt keinen Sinn mehr machte, weiter auf sie einzureden. Es war eigentlich alles gesagt. Jedoch ... die Stille in dem bezaubernden Mond- und Sternenlicht fand kaum Zugang zu den zwei aufgewühlten Herzen. Sollte es das wirklich gewesen sein? Kann eine Liebe, die nach vierzig Jahren Abstinenz immer noch glüht, zum zweiten Mal scheitern - zuerst an ihm und jetzt an ihr? Nein, Herbert war entschlossen. Wild entschlossen. Es musste und es wird einen Weg geben. Nur wie der aussehen wird, das wollte ihm jetzt in dieser so friedlichen Natur nicht einfallen. Beide spürten, dass es eigentlich Zeit wäre, sich zur Ruhe zu begeben. Aber nicht mit diesem gerissenen Gesprächsfaden. Es war Herbert, der den Weg zurück in ein Gespräch fand.

„Sollte Herr Christian Sternauer nicht diese Woche zurück sein?", fragte er mit schelmischem Unterton.
Die Erleichterung war Ileana anzuhören: „Natürlich, Herr Sternauer. Am Freitag sollte er mit dem 15-Uhr-Flug kommen. Da hatten Sie mich aber schon auf diese Hazienda hier entführt. Ich nehme an, er wird jetzt …"
Ileana hielt kurz inne und Herbert vervollständigte ihren Satz: „… bei Hermine warm gebettet liegen."

## III – 4

Der Pilot musste zweimal kreisen, bis er die Landeerlaubnis bekam. Der Himmel war wolkenfrei und unten lagen die Dörfer. Die Maschine flog jedes Mal nicht all zu hoch über Jahrmarkt. Das Dorf seiner Vorfahren, das Dorf seiner Großeltern, seiner Mutter und seines Vaters. Christian schmunzelte, lachte leise in sich hinein. Das ist doch Nostalgie. So kannte er sich überhaupt nicht. Und eben darum wollte er dieses neue, ihm völlig unbekannte Gefühl, das er immer bei den Seinen erahnte, aber nie richtig nachempfinden konnte, auskosten. Wie ein gespiegeltes L lag das Dorf da unten. Von Südosten beziehungsweise Südwesten kommend, treffen sich die Autobahn und die Landstraße im Norden des Dorfes. Eine kompakte Straßensiedlung. Nur ein Gehöft ist im Nordosten jenseits der Autobahn aus dem Flugzeug zu erkennen. Da unten wird sich viel geändert haben, seit seine Eltern und Großeltern das Dorf verlassen haben. Die zwei Friedhöfe und die Kirche werden als Relikte einer verronnenen Zeit übriggeblieben sein. Er wird Hermine bitten, mit ihm nach Jahrmarkt zu fahren. Und vielleicht kommt auch sein Vater mit. Wenn er ihn aufstöbert. Er soll sich auf jeden Fall in Temeswar aufhalten, hat er in den zwei Wochen, als er jetzt zu Hause war, gehört. Nicht von seiner Mutter, deren Schmerz sich in eine sonderbare Wut und gesteigerte Bigotterie verwandelt hat. Wie konnten diese zwei Menschen nur heiraten, fragte Christian sich über den Dächern von Jahrmarkt. Er hat nie so etwas wie Liebe im Leben seiner Eltern verspürt, weder intuitiv als Kind noch rational als Jugendlicher und jetzt als junger Mann. Nie hat er sie mit einem gegenseitigen Anflug von Empathie über ihre Jugendjahre in diesem Dorf sprechen gehört. Und vor oder gar mit ihm schon längst nicht. Das Flugzeug flog die letzte Schleife und senkte sich langsam. Die Erde kam näher. Und damit die irdischen Dinge seines Lebens.

Hermine flog ihm an die Brust. Und sie weinte. Und Christian war glücklich. Bis er in die Augen seiner Liebsten blickte. Das war Gram. Das war kein Wiedersehens- und Liebesglück.

„Was ist los mit dir Schatz? Ist was passiert?", fragte er. Es dauerte eine Weile, bis Hermine ihre Fassung wiedererlangt hatte und ohne Weinkrampf sprechen konnte. Sie waren nicht gleich ans Auto gegangen, sondern hatten sich in einem abgeschiedenen Eck im Flughafenrestaurant an einem Tisch für zwei Personen niedergelassen. Christian bestellte zwei Tassen Kaffee und zwei Gläser Wasser. Hermine wartete, bis die Bedienung seine Bestellung gebracht und sich entfernt hatte, bevor sie zu sprechen begann.

„Mutter war heute nicht im Betrieb. Vater auch nicht."
„Ja, und? Es ist Freitag. Vielleicht haben sie sich einen Tag freigenommen."
„Vater ist zu Hause. Es geht ihm nicht gut. Er hat gesagt, Mutter sei heute Morgen wie immer zur Arbeit gefahren. In der Firma hat sie aber niemand gesehen. Ich war kurz nach Mittag dort und habe nach ihr gefragt. Der Meister hat mir gesagt, nur Vasile sei kurz dort gewesen und dann wieder weggefahren."
„Du solltest dich jetzt nicht verrückt machen", versuchte Christian sein Mädchen, wie er Hermine immer nannte, zu beruhigen. „Sie kann sich ja auch mal selber einen Tag Erholung gegönnt haben, ohne das gleich an die große Glocke zu hängen. Durch so ein unangekündigtes Wegbleiben von zu Hause könnte sie sogar deinen Vater vom Alkohol abbringen. Schocktherapie. So etwas soll es ja geben. Wenn Männer in die Enge getrieben werden und sie die Angst vor dem Alleinbleiben packt, können sie von heute auf morgen sehr zahm werden."
„Meinst du das im Ernst?"
„Ja, warum nicht? Wenn du wüsstest, was ich mit mei-

nen Eltern schon alles erlebt habe?"

Hermine ließ sich langsam doch noch von ihren trüben Gedanken abbringen, besonders als Christian wieder zum Geschäftlichen überging und zu erzählen begann:

„Ich habe mit unserer Rechtsabteilung mehrere Varianten der Eingliederung von PROGRESS in unseren Konzern durchgespielt und glaube, eine Lösung gefunden zu haben, die alle Beteiligten akzeptieren könnten. Meine Vorstandskollegen haben mir sogar freie Hand gegeben."

Er beugte sich über die Tischplatte, nahm Hermines Hände in die seinen, sah ihr tief in die Augen und fuhr mit sicherer Stimme fort, so als ob überhaupt nichts mehr schief gehen könnte:

„Vasile wird die Position eines Werkleiters bekommen, das ist bei uns gleich die Führungsebene unter dem Vorstand. BÖTTCHERHOLZ ist schon viele ähnliche Kooperationen eingegangen und schon mehrere Eigentümer der in den Konzern integrierten Firmen haben die Stelle eines Werkleiters bekommen. Und PROGRESS wird weitgehend selbstständig bleiben."

„Aber du weißt doch, dass mein Bruder ein Sturkopf ist. Er will ein selbstständiges Unternehmen führen, seine GmbH, oder wie das heißt", entgegnete Hermine.

„Ja, Schatz, auch darüber haben wir bei BÖTTCHERHOLZ gesprochen. PROGRESS könnte eine SRL, wie das bei euch heißt, bleiben. Die deutschen und rumänischen Gesellschaftsformen ähneln sich sehr stark. Ja, auch das würde gehen, obwohl es für PROGRESS nicht der günstigere Weg zur Zusammenarbeit wäre, besonders was die Investitionen angeht. Dein Vater könnte sogar seinen Anteil an

BÖTTCHERHOLZ verkaufen und Vasile bliebe Gesellschafter und Geschäftsführer in Personalunion. Meine Firma würde dann zwar als zweiter Gesellschafter fungieren, die Geschäfte könnte aber Vasile führen … Das ermüdet dich Schatz. Ich weiß, das hast du alles schon mal gehört."

„Ja, komm lass uns gehen. Ich will dieses Wochenende nur für uns haben, ohne Fusionsprobleme", sagte Hermine.

Christian schmeichelte zart ihr Kinn und erwiderte mit schelmischer Stimme: „Du hast recht. Fusionieren kann man ja auf vielfältige Weise."

„Geiler Nimmersatt", bekam er zur Antwort. Und sie waren dort angelangt, worauf Liebende immer zusteuern: auf das Bedürfnis nach abgeschiedener Gemeinsamkeit. Der Kellner bekam ein gutes Trinkgeld und die Studentin und ihr ausländischer Unternehmer steuerten auf ihre Wohnung zu.

## III – 5

So schön kann ein Samstagmorgen sein. Hermine stand mehr ent- als bekleidet in der Küche, bereitete ein Zwei-Personen-Frühstück vor und schwelgte in frischen Erinnerungen. Es war nur wenige Stunden nach dem gemeinsamen Orgasmus und der Überwindung der ersten Erschöpfung: Hatte er sie wirklich gefragt, ob sie seine Frau werden will? Oder hatte sie geträumt? Dieser Schlawiner. Keinen besseren Augenblick hätte der, ihr Schlawiner, wohl gar nicht finden können. Na warte, du kommst mir schon.

Eine Weile dauerte es aber noch. Christian stand im

Bad vor dem Spiegel und rasierte sich. Schließlich sollte er gepflegt aussehen, wenn er Hermine einen Heiratsantrag stellen wollte, und zwar beim Frühstück, und ganz im Ernst, nicht in der Nachsexschlaffheit. Sie hatte schon kurz nach Mitternacht ein schlafwandlerisches Ja gehaucht und er musste jetzt über seinen nächtlichen Antrag schmunzeln. Der klang wahrscheinlich genauso erschöpft wie ihr kaum vernehmbares Ja. Und dieses herrliche Wochenende sollte ihnen und nur ihnen gehören. Ohne einen einzigen Gedanken an Firmenkooperation, SRL, GmbH und Ähnliches zu verschwenden.

Dann saßen sie sich gegenüber. Das Frühstück zwischen ihnen. Christian nahm einen Schluck von dem dampfenden Kaffee. Frisch geduscht, frisch rasiert und entschlossen. Hermine hatte einen Schelm in ihren glücklichen Gesichtszügen sitzen. Sie wusste, was da wohl auf sie zukommen wird. Ein Heiratsantrag. Was denn sonst?

Christian griff nach ihrer Hand, ihre Blicke ruhten ineinander und er fragte mit ruhiger, ohne gekünstelten Empathieklang in der Stimme: „Wie war deine Nacht?"
„Deine?"
„Unsere?"
„Ja, unsere war wunderschön. An meine danach kann ich mich nicht erinnern", sagte Hermine schmunzelnd.
„Und kurz davor?", setzte Christian sein Frage-Antwort-Spiel fort und spitzte dabei die Lippen. Auch ihm saß der Schalk im Nacken. Beide waren längst viel zu vertraut in ihrem täglichen Umgang miteinander, um auf diese über ihnen schwebende Frage mit ernster For-

malität zu reagieren. Sie wussten aus ihren Freundes-
kreisen, dass Pärchen auf Bergspitzen und in Hotelsui-
ten gefahren sind, um ihren Heiratsantrag endlich zu
zelebrieren. Einige nach jahrelangem Zusammensein.

„Also wenn ich mich gut erinnere, hast du mich etwas
gefragt. Aber genau weiß ich jetzt nicht mehr, um was
es da ging", sagte Hermine.
„Du hast mir aber geantwortet." Christian hatte jetzt
langsam Mühe, ernst zu bleiben.
Und Hermine ging es nicht viel besser, als sie zurück-
fragte: „Und was habe ich gesagt?"
„Ja!"
„Und auf welche Frage?"
Jetzt konnte der Werber kaum noch an sich halten. La-
chend erwiderte er: „Ob du mich heiraten willst."
„Und ich habe Ja gesagt?"
„Ja."
„Ja?"
„Ja."
„Und das soll ich jetzt wiederholen?"
„Wenn du mich liebst."
„Das geht jetzt aber nicht."
„Warum nicht?"
„Weil du mich jetzt nicht gefragt hast."

Nun wurde es aber höchste Zeit. Denn beider Augen
lachten und die Gefahr war nahe, dass dieses Lachen
ihnen die Stimmen verschlagen wird. Und eine solche
Frage sollte man doch noch klar und für sein
Gegenüber verständlich aussprechen. Also musste jetzt
die Frage bei wachem Geist kommen. Und Christian
stellte sie: „Schatz, willst du mich heiraten?"

Daraufhin wiegte Hermine in tiefstem Ernst, der ihren Blick aber nicht beeinflussen konnte, ihr Haupt hin und her, nahm einen Schluck aus der Kaffeetasse … Und dann konnten beide nicht mehr an sich halten und sprangen gleichzeitig auf. Christian nahm Hermine in die Arme, hob sie in die Höhe und drehte sich mit ihr im Kreis, während sie ihm dauernd eine Melodie ins Ohr sang, die nur auf einem Wort beruhte: „Ja, ja, ja …"

Ein Frühstück fürs ganze Leben, gemeinsame Leben. Die zwei jungen Leute spürten das mit allen Fasern ihres Glücks. Und sie vermieden es bewusst, gleich über Äußerlichkeiten zu reden. Eigentlich ist alles doch nur Gesellschaftsformalität. Fragen wie standesamtliche und irgendwann auch kirchliche Trauung interessierten sie jetzt überhaupt nicht. Sie hatten in der vergangenen Nacht ihre Gemeinsamkeit längst verinnerlicht und jetzt wieder für ihre Zukunft besiegelt. Und es war ein fröhlicher, unbeschwerter Akt, der ihrem Gemüt entsprach und keinerlei Gesellschaftszwänge akzeptierte, weder von ihrer noch von seiner Seite aus. Das spürten sie, ohne es überhaupt ansprechen zu müssen.

Es war ein langes Frühstück. Die Sonne deutete schon die nahende Mittagszeit an, als sie beschlossen, hinaus in den Stadtwald zu fahren. Hermine suchte im Kleiderschrank nach dem passenden Outfit für den Nachmittag. Sie hörte das Telefon klingeln und gleich danach Christians Stimme, die nach ihr rief: „Schatz, Vasile ist dran. Er sagte etwas von einem Termin. Würdest du bitte mit ihm reden?"

Hermine kam aus dem Schlafzimmer und nahm den Hörer. Zuerst hörte sie gelassen zu, dann merkte Christian, wie ihre Gesichtszüge sich anspannten. Sie schien ihrem Bruder öfter ins Wort zu fallen und ihre Stimme wurde immer schärfer, ja bekam einen für sie ungewöhnlich unfreundlichen Ton. Das Gespräch dauerte etwa fünf Minuten. Dann haute sie den Hörer voller Wucht auf die Ladestation.

„Schatz, was ist los?", fragte Christian.
„Wir gehen jetzt in den Wald. Dort haben wir Zeit zum Erzählen", antwortete Hermine. Alle Leichtigkeit und alles Glück der zurückliegenden Stunden war verflogen.

Auf einem kaum benutzten Waldpfad eröffnete Hermine ihrem geistig angetrauten Mann, dass Vasile sie schon in der vergangenen Woche zwei- oder dreimal auf diesen Termin angesprochen hatte. Ein Geschäftstermin hinsichtlich der Firmenübernahme soll es sein. Und das an einem Samstagabend. Und in einer Spelunke, irgendwo am südlichen Stadtrand.

„Ich habe Vasile klar und deutlich gesagt, dass weitere Gespräche mit dir nur in der Firma stattfinden werden", erzählte Hermine im Schatten der jahrhundertealten Bäume am Nordrand der Stadt.

Christian konnte diese Skepsis nicht ganz verstehen. Und dementsprechend fiel auch seine Erwiderung auf Hermines kategorische Festlegung aus: „Was denkst du wie viele Geschäftsgespräche ich schon außerhalb der Firma geführt habe: in Restaurants, Hotels, ja einige wenige auch in Cafébars. Und das waren nicht immer die schlechtesten."

„Ja, ja, in Deutschland oder irgendwo in Westeuropa, aber nicht hier in Rumänien."

„Warum nicht auch hier? Das ist doch in der Geschäftswelt guter Brauch. Mein Gott, Hermine, Rumänien ist EU-Mitglied. Wie soll dieses Land denn prosperieren. Das geht doch nicht mit Abschottung und allen möglichen Vorurteilen."

„Nein, nein, nein. Ich habe seit Tagen ein ungutes Gefühl. Vasile schlägt sich die Nächte mit zwielichtigen Gestalten um die Ohren. Ein Studienkollege hat mich diesbezüglich angesprochen. Er hat ihn gesehen. Und er klingt in letzter Zeit immer gereizt. Nein, ich vertraue ihm nicht, auch wenn er mein Bruder ist."

„Aber, Schatz, du wirst doch bei dem Gespräch dabei sein. Also wird man mich gar nicht hinters Licht führen können."

„Eben nicht! Vasile will, dass du allein kommst. Er will dich von hier abholen und auch wieder zurückbringen."

„Wer soll dann dolmetschen?"

„Seine Partner, ja er spricht schon von Partnern, würden fließend deutsch sprechen, hat er mir gesagt, da bräuchte man keine Dolmetscher. Nein, du gehst nicht dorthin, und wenn du unverrichteter Dinge heimfahren musst."

Jetzt spürte Christian den Augenblick gekommen, von dem Thema zumindest für eine Zeit lang abzulenken. Er sagte frohgemut. „Also wenn ich die vergangene Nacht und den heutigen Vormittag noch gut in Erinnerung habe, werde ich auf keinen Fall unverrichteter Dinge zurückkehren."

Hermine hatte sich bei ihm untergehakt und drückte dankbar seinen Arm: „Die Semesterferien beginnen erst in zwei Wochen. Etwas musst du dich noch gedulden. So schnell geht das Mitnehmen nun auch wiederum nicht", sagte sie.

So ging es schlendernd dahin. Und es hätte so schön sein können. Diese Ruhe mit ihrem Vogelgesang. Wären da nicht PROGRESS und Victor. Für die junge Frau schien das Thema vorerst mal abgehackt zu sein. Aber in Christian kam doch langsam wieder das Bedürfnis nach Gewissheit auf.

„Wie seid Ihr jetzt verblieben?", tastete er sich vorsichtig ans Thema heran und war eigentlich für die Antwort dankbar.
„Ich habe ihm gesagt, dass du auf keinen Fall samstagsabends für Geschäftsgespräche bereit stündest. Er soll morgen Abend wieder anrufen oder wir rufen ihn an, wer eben zuerst Zeit dafür hat, und wir machen dann einen Termin für Montagnachmittag in der Firma aus. Ich habe bis ein Uhr Vorlesungen, also könnten wir uns um zwei treffen."
„Und hat er das akzeptiert."
„Keine Ahnung. Er hat abgelegt. Wir rufen ihn morgen Abend einfach an und dann sehen wir weiter."

Mit diesem Schlusssatz Hermines war für das jung versprochene Paar eigentlich der Rest des Samstags und der ganze Sonntag gerettet.

# Kapitel IV

## 1

Der Wagen fuhr auf der Gemeindestraße 61 in Richtung Jahrmarkt. Langsam, ganz langsam, denn die Straße war nicht befestigt. Herbert dachte laut darüber nach, wie sein Freund wohl in der Herbst- und Winterzeit in sein Landhaus kommt.

„Einfallslose haben es in diesem Land schwer. Dein Freund scheint nicht zu ihnen zu gehören", antwortete Ileana auf die nicht gestellte Frage.
„Da hast du Recht. An Fantasie hat es dem nie gefehlt. Vielleicht hat er ja auch einen Traktor irgendwo herumstehen, mit dem er bei Regen und Schnee hierher gelangt. Vom Wetter lässt der sich nicht zurückhalten", war Herbert sich ganz sicher.

An der Dorfgrenze angekommen, fuhr Herbert zuerst dem Straßenverlauf nach, der auf die Landstraße in Richtung Temeswar führte, um dann aber links in die Elisabeth-Straße einzubiegen.

„Willst du mir dein Elternhaus zeigen?", reagierte Ileana zu dieser Abweichung vom Weg.
„Ja", antwortete Herbert.

Er fuhr langsam, sehr langsam und schien die Häuser hinter den Wassergräben mit den Augen aufzusaugen. Die Straße war menschenleer. Und die Häuser waren nicht mehr die Häuser aus seiner Erinnerung. Andere Farben, viele umgebaut oder neu errichtet. Kaum etwas erinnerte ihn noch an seine Kindheit. Und an seine Jugend? Nur die Frau neben ihm: Ileana. Sie war Teil seiner Jugend. Aber nicht Teil dieses Dorfes. Und schon gar nicht dieser Straße. Und schon längst nicht dieses Hauses. Herbert hielt an. Das Haus war in keinem guten Zustand. Es schien mit seinen Bewohnern kein Glück zu haben.

„Ist es das?", fragte Ileana.
„Ja."

Herbert drückte auf das Gaspedal. Es gab nichts mehr über seine Vergangenheit zu sagen. Zumindest über die ohne Ileana. Nur die Erinnerungen mit ihr zierten die angenehmen Seiten seiner Jugendzeit. Der Rest war Anpassungsdruck an eine national und konservativ funktionierende Dorfgesellschaft mit schlimmeren Aufpasserexzessen als die Spitzeleien des kommunistischen Regimes. Am Ende der Straße bog Herbert nach rechts ab und nach etwa einem Kilometer und einer Abbiegung nach links rollte der Wagen auf der Landstraße in Richtung Temeswar. Reger Verkehr in beiden Richtungen. Einige Akazienbäume stehen noch immer am Straßenrand. Was das Dorf nicht schaffte, schien die Fahrt auf der Landstraße jetzt doch noch zu bewirken. So etwas wie Nostalgie kam in Herbert auf. Und der Grund dafür war wirklich aus der Zeit gefallen. Aber es war kein Traum. Es war vor vielen, vielen Jahren Wirklichkeit. Er fuhr in der Aprikosenzeit mit dem Dorffuhrmann, Fizigoi war sein Spitzname, auf einem vollgepackten Streifwagen, gezogen von zwei gut genährten Pferden, in die Stadt auf den Heuplatz. In der Dorfmundart war der Platz sächlich: das Heuplatz. Wir waren schon um drei Uhr aus Jahrmarkt weggefahren, sinnierte Herbert. Die Landstraße war noch nicht asphaltiert. Es war Nacht. Ich war hellwach. Welch ein Abenteuer. Und was für eine Verantwortung auf meinen Schultern! Ich musste unsere Körbe mit Aprikosen auf einen guten Tisch stellen, an dem viele Käufer vorbeikamen. Ob ich das damals wohl zur Zufriedenheit meiner mit dem Pendlerzug kommenden Großmutter, Gott habe sie selig, bewerkstelligt hatte? Wahrscheinlich nicht, denn an ein zweites Abenteuer dieser Art konnte er sich nicht erinnern.

Ileanas Stimme riss ihn aus seinen Träumen: „Schatz, hinter dem Kreisel steige ich aus."
Sie näherten sich Neussentesch. Hier bewohnten Ileana und Traian ein stattliches Einfamilienhaus in einem Neubauviertel.
„Willst du mir nicht dein Haus zeigen?", fragte Herbert, während er das Auto auf einen Parkplatz am Straßenrand lenkte.
„Lieber nicht, Traian könnte uns sehen, und ich will keinen zusätzlichen Ärger mit ihm."

Ileanas Stimme hatte einen Bruch. Und aus diesem Bruch quoll Seelenschmerz. Das Glück von gestern verflüchtigte sich. Herbert spürte diese Herzensnot neben sich. Und er wusste, dass er handeln musste. Sofort! Er startete den Motor.

Ileana griff ihm ins Lenkrat. „Nein, bitte nicht!"
„Nur wenn wir uns wiedersehen", sagte Herbert leise, aber bestimmt.
„Ja", antwortete Ileana kaum hörbar. „Ich komme

morgen ins Hotel."

Sie vereinbarten noch eine Uhrzeit, dann stieg Ileana aus und begab sich auf den schweren Heimweg. Es war zum ersten Mal, dass sie ihren Mann hintergangen hatte. Und sie spürte keine Gewissensbisse. Nur Angst. Ohne zu wissen wovor? Der Kontrast zwischen den Tagen und besonders Nächten hinter ihr und dem Alltag vor ihr ließ sie innerlich erbeben. Es muss etwas geschehen. Aber was?

Herbert wartete, bis sie in der nächsten Straße verschwunden war. Dann fuhr er los. Tief in Gedanken versunken. Diesmal werde ich sie nicht mehr zurücklassen. Komme, was mag.

## IV – 2

Es war Montagnachmittag. Schon späte Kaffeezeit. Herbert war soeben aufgewacht. Er hatte den ganzen Tag tief und traumlos geschlafen. Jetzt spürte er das Bedürfnis, einen Kaffee zu trinken. Aber nicht hier im Hotelzimmer, sondern irgendwo in der Stadt, am besten in einem Café zwischen Oper und Kathedrale. Er machte sich frisch und ging los. Am ersten Zeitungskiosk kaufte er sich eine Abendzeitung. Zum Kaffee werde sie ihm gut bekommen. Er rollte sie zusammen und schlenderte mit ihr in der Hand in Richtung Stadtzentrum.

Unter dem Vordach eines Cafés fand er einen ruhigen, schattigen Platz. Alleinsein war alles, was ihm jetzt gut tat. Und dabei den Strom der Fußgänger beobachten.

Menschen, die kommen und gehen. Immerfort, ohne Unterbrechung. Das mochte er schon immer gerne. Leute schauen, nannte er diese erholsame Beschäftigung. Eine Bedienung kam an den Tisch und er bestellte sich einen Kaffee und ein Glas Wasser. Obwohl er seit dem Morgen nichts gegessen hatte, verspürte er noch keinen Hunger. Der Kaffee wird bei ihm auch diesmal seine Wirkung nicht verfehlen. Die Bedienung brachte die Bestellung und er genoss den ersten Schluck des heißen Getränks. Erst dann griff er nach der Zeitung und rollte sie auseinander. Er überflog die Titel der ersten drei Seiten und dachte sich, dass dieses Land wohl zu einem ewigen Streit zwischen Präsident und Regierung verdammt sei. Die ersten Lokalthemen wurden erst ab der vierten Seite behandelt.

Ein Schluck Kaffee, ein Schluck Wasser. Herbert spürte, wie die müden Geister in ihm schwanden und frische Kräfte ein erholsames Gefühl wachriefen. Die vierte Seite der Abendzeitung lag vor ihm auf dem Tisch. Er warf einen flüchtigen Blick drauf und … nahm die Zeitung zur Hand. Gleich oben eine Schlagzeile: *Vasile Roman, der Geschäftsführer von PROGRESS, ermordet aufgefunden.* Herbert stockte der Atem. Er griff instinktiv nach dem Glas mit Wasser und leerte es in einem Zug. Dann begann er zu lesen.

*Wie das Inspektorat der Polizei mitteilte, wurde heute Morgen der Unternehmer Vasile Roman an einem Feldkreuz in der Nähe des Dorfes Bentschek tot aufgefunden. Erste Ermittlungen haben ergeben, dass der Geschäftsführer von PROGRESS keines natürlichen*

*Todes gestorben ist. Das schon in der kommunistischen Zeit existierende Unternehmen führt zurzeit Übernahmeverhandlungen mit dem deutschen Konzern BÖTTCHERHOLZ. Die Polizei ermittelt in alle Richtungen und hält sich mit Informationen sehr bedeckt. Bekannt wurde aber im Laufe des Tages, dass eine Führungsperson von BÖTTCHERHOLZ sich schon geraume Zeit in der Stadt aufhält und dass die Sondierungsgespräche bisher an der Skepsis des Geschäftsführers von PROGRESS scheiterten. Aus Wirtschaftskreisen wird auch die Nachricht kolportiert, dass es am vergangenen Samstagabend ein Treffen zwischen Vasile Roman und dem deutschen Geschäftsmann in einer Spelunke im Südosten der Stadt gegeben haben soll. Die Polizei wollte zu diesem Gerücht wegen der laufenden Untersuchungen keine Stellungnahme abgeben.*

Herbert spürte, wie ihm am ganzen Körper der Schweiß ausbrach. Er realisierte instinktiv, dass sein Sohn in größter Gefahr schwebte. Ich muss Christian helfen, war der einzig klare Gedanke, den er in diesem Augenblick fassen konnte. Aber wie? Herbert grübelte. Es dauerte eine Weile bis er überhaupt so etwas wie einen Plan zusammenbrachte. Darin spielte immer ein Wort eine zentrale Rolle, wie auch immer er die Situation eruierte: Flucht. Christian musste verschwinden, bevor Medienspekulationen zu Polizeiermittlungen werden. Aber wo könnte er sich jetzt aufhalten? Wenn nach ihm gesucht wird, werden sie bestimmt Hermines Wohnung im Visier haben. Hoffentlich ist er nicht so naiv und stellt sich den Behörden zwecks Kooperation zur Verfügung. Wir sind nicht in Deutschland. Dass hier schon am ersten Tag nach diesem Mord Verschwörungstheorien zu zirkulieren begannen, überraschte Herbert nicht sonderlich. So sicher er aber war, dass Christian mit der Geschichte nichts zu tun haben konnte, so klar war für ihn auch, dass es in der Unterwelt dieser und nicht nur dieser rumänischen Stadt zwielichtige Gestalten gab, die es hervorragend verstanden, einen deutschen Manager mit Übernahmestrategien, wie Vasile immer sagte, als Täter ins Visier der Ermittlungsbehörde zu bringen.

Gar nicht auszudenken, wenn die Geschichte in Deutschland an die Öffentlichkeit kommt. Das kann sich zu einer Katastrophe für BÖTTCHERHOLZ entwickeln und vielleicht sogar diplomatische Verstimmungen zwischen den zwei Ländern hervorrufen. Herbert steigerte sich immer mehr in solche Gedankenspiele und lief Gefahr, sich vom eigentlichen Ziel seiner Überlegungen immer weiter zu entfernen. Es dauerte eine Weile, bis der Kaffee, er war zum Glück stark, wirkte. Herbert begann langsam den Weg des Grübelns zu verlassen und versuchte klar zu denken. Er wusste nicht, wo Hermine wohnte, aber er wusste wo er Ileana aus dem Auto aussteigen ließ. Dort musste er hin, koste es was es wolle. Er konnte nicht warten, bis sie am nächsten Tag in sein Hotel kommt.

## IV – 3

Neussentesch grenzt im Norden an die Stadt. Eine Trolleybuslinie führt bis zur letzten Straße der Gemeinde. Sein Auto konnte er unmöglich benutzen. Das würde auffallen. Nicht das Auto, aber die Nummer. Wer weiß, die alten Seilschaften sind vielleicht noch immer intakt. Die haben ihre Augen überall. Ileanas Haus wird bestimmt beobachtet. Und alles, was sich im Umfeld bewegt. Dabei kennt er sich in dieser Gegend überhaupt nicht aus. Direkt am Haus der Romans war er noch nie. Als Fußgänger wird er weniger auffallen und sich wenigstens ein Bild von der Straße machen können.

An der letzten Haltestelle stieg Herbert aus. Vorsichtig sah er sich um. Auf der gegenüberliegenden Straßenseite warteten schon andere Fahrgäste auf den Bus, der den nahen Kreisel umfahren und die Wartenden in die Stadt bringen wird. Herbert schien niemand aufzufallen. Er stand in einem Neubauviertel. Viele Häuser waren noch nicht fertig, die meisten Höfe und Gärten noch nicht angelegt. Es lag viel Bauschutt herum. Grün war nur der am Ende der Straße beginnende Wald und der Friedhof an der Hauptstraße, auf der er mit dem Trolleybus bis hierher gelangt war. Aber welches war das Haus der Romans? Es musste einer der wenigen fertigen Bauten sein. Das wusste er von Ileana. Er suchte in seinem Gedächtnis nach Merkmalen, die sie ihm vielleicht geschildert hatte, fand aber keine. Entweder sie hatte ihm nicht viel von ihrem Haus erzählt oder er hatte nicht hingehört in seiner Verliebtheit. Ein bisschen Verstand bei so viel Gefühl wäre nicht schlecht gewesen, dachte er in einem kurzen Anflug von Heiterkeit.

Dann ging er los, entschlossenen Schrittes, nicht zu schnell, um so viele Eindrücke wie möglich aufzusaugen, aber auch nicht zu langsam, um nicht aufzufallen. Bei jedem am Straßenrand parkenden Auto versuchte er, sich unauffällig zu vergewissern, ob nicht jemand drin sitzt. Er war geistig plötzlich in einer Zeit, die dieses Land längst hinter sich gelassen hatte. Überall könnten Securitatespitzel lauern, auf Christian und Hermine warten. Ein Landesfeind und eine Verräterin. Aber alle geparkten Fahrzeuge waren leer. Was Herberts Aufregung ein wenig dämpfte, war der nahe Wald und der Friedhof, dort könnte er sich bis zur einbrechenden Dunkelheit ja auch aufhalten, um dann an Ileanas Haus zurückzukehren. Nur hatten die Häuser alle keine Namensschilder. Und die Hausnummer kannte er auch nicht. Zum Verzweifeln war das.

Herbert ging auf den Friedhof. In Gedanken versunken, aber mit regem Verfolgungsinstinkt schritt er durch die Gräberreihen. Viele ungarische Namen auf den Grabsteinen. Dann wieder ein Blick in Richtung Friedhofstor. Nur eine Frau mit einer Gießkanne. Kein Mann in Lederjacke. Aber jetzt im Sommer werden die doch keine Lederjacken tragen. Trugen sie damals auch nicht. Auch kein auffälliges Auto auf der Straße vor dem Friedhof. Dann flog sein Blick wieder über die Gräber. Hier auch mehrere rumänische Namen. Eine Ablenkung könnte das Spähen nach deutschen Namen auf den Steinen sein. Die gab es aber nicht. Die Deutschen liegen auf den Friedhöfen der Nachbardörfer. Unter grasumwucherten Betondeckeln. Nicht so wie die Toten hier. Unter frisch gegossenem Blumenschatten. Gehegt und gepflegt. Nicht zurückgelassen.

Die Schatten der Kreuze wurden länger und die wenigen Menschen noch weniger. Dann war sie wieder da, diese Anwallung einer Gefahrensituation. Ein gebeugtes Mütterchen verließ gerade mit einem kleinen Laubrechen in der Hand den Friedhof. Außer ihm war niemand mehr da. Das könnte unangenehme Fragen aufwerfen. Denen entgeht doch nichts. Ich muss hinaus. Herbert spürte wieder diese nagende Angst vor Männer in einem Auto, die ihn beobachten könnten. Dann stand er vor der Aussegnungshalle. Sie war neu. Laut einer EU-Verordnung durften auch in Rumänien die Toten nicht mehr bis zur Beerdigung zu Hause aufgebahrt werden. Das hatte Ileana ihm draußen hinter Jahrmarkt, weitab jedweder Zivilisation erzählt. So viel Zeit war zwischen all dem Umarmen, Küssen und Sex geblieben. Für einige Hinweise auf die für Herbert teils so fremd gewordene Welt reichte es allemal. Dann stockte sein Fuß. Dieser Gedanke in seinem Kopf. Eingeschossen wie ein vergifteter Pfeil.

Wenn sie Vasiles Leiche hier aufgebahrt haben? Er wird bestimmt hier begraben. Dann wird der Friedhof überwacht. Ganz sicher. Die können überall hier herumsitzen. Hinter großen Grabsteinen, dort am Rand in den Büschen oder sogar in der Aussegnungshalle. Die kriegen mich, bevor ich Christian warnen kann. Nur raus da. Dann sah er an der Halle neben der Tür einen Aushang. Dort wird Vasiles Name stehen und der Termin für die Beerdigung. Ich muss ruhig bleiben. Mich normal, so normal wie möglich bewegen. Wenn die mich verdächtigen würden, hätten sie schon zugeschlagen. Vielleicht observieren sie das Haus und sein Umfeld auch erst nach Sonnenuntergang. Sie werden wissen, dass am helllichten Tag kein in ihren Augen Verdächtiger hier vorbeikommen wird. Herbert sah sich noch einmal so unauffällig wie möglich um.

Kein Mensch war zu sehen und nur der rege Verkehr auf der Straße zu hören. Dann näherte er sich entschlossenen Schrittes, komme was wolle, der Aussegnungshalle. Noch zwei Schritte. Sein Blick versuchte die Schrift auf der Tafel aufzusaugen. Dann stand er mit hängenden Schultern und unglaublichem Kopfschütteln still. *Traian Roman, 62 Jahre alt, Begräbnis: Freitag 14:00 Uhr* stand mit Kreide auf der Tafel. Nein, flüsterte Herbert.

Er war wie benommen, fürchtete, ohnmächtig zu werden. Was ist an diesem Wochenende alles passiert? Während er und Ileana glücklich versuchten, ihre Jugend aus der Zeit zurückzurufen, ihr gemeinsames Recht auf Liebe zu beschwören, dem Schicksal zu trotzen, hat sie fast alle ihre Koordinaten verloren. Ihr Mann liegt in der Aussegnungshalle. Der Name ihres Sohnes steht nicht auf der Tafel. Noch nicht. Ich muss sie finden. Muss sie sprechen. Wo mag sie nur sein? Nichts passte mehr zusammen. Das Chaos in Herberts Hirn war total, drückte ihm auf die Schläfen. Sein Kopf brummte. Aber die Füße trugen seinen fast willenlosen Körper dem Friedhofstor entgegen. Er durchschritt das Tor, stand auf der Hauptstraße und schaffte es auf die andere Seite. Ich muss zurück in die andere Straße, einen Anhaltspunkt finden, der auf Ileanas Haus hindeutet, war alles, was er jetzt noch denken konnte.

Die Sonne war hinter dem Friedhof verschwunden. Die Dämmerung legte sich über Neussentesch. Und die Häuser blieben gleich. Neu und stattlich. In eines von ihnen musste er gelangen. Einfach klingeln, ging es ihm durch den Kopf, und sich als Verwandter der Familie ausgeben. Das wäre doch normal in diesem Fall. Ja. Herbert spürte eine schwache Zuversicht aufsteigen. Dort klingle ich. Nein, lieber dort. Dort brennt schon Licht in einem Zimmer. Sein Schritt wurde fester. Er steuerte ein Ziel an. Dann erstarrte er. Ein Auto bog in die Straße. Es fuhr langsam. Die fahren Streife. Polizei in Zivil, Securitate, hämmerte es in seinem Kopf. Nicht weglaufen. Das verschlimmert die Situation nur noch. Er stand regungslos da. Seinem Schicksal ergeben. Wenn die mich festnehmen, bringen sie mich vielleicht zu Ileana. Das ist es wert. Aber Christian?

Das Auto fuhr langsam die Straße hinauf und blieb nur drei Häuser weiter stehen. Herbert stand wie eine Statue da, den Kopf halb abgewandt. Aus den Augenwinkeln sah er zwei in Schwarz gekleidete Personen aus dem Fahrzeug steigen. Das ist Christian. Und die Frau? Das muss Hermine sein. So ernst die Lage auch nach Herberts Empfinden war, schoss es ihm doch durch den Kopf: Nicht schlecht das Mädel, ähnelt gut seiner Mutter. Augenblicke sind nun mal nur Augenblicke. Herbert war wieder in der Gegenwart, mit allen ihren Ängsten aus längst verflossenen Zeiten. Und dem Zaudern. Was sollte er jetzt machen? Die zwei jungen Leute hatten ihn noch nicht bemerkt. Ich muss etwas unternehmen. Jetzt, bevor alles zu spät ist. Ich muss! Er machte ein paar Schritte auf die beiden zu. Christian hat ihn sofort erkannt.

„Papa, was machst du denn hier?"
„Ich muss mit dir reden."
„Wer sind Sie?", mischte Hermine sich ein.
„Ja, du hast gut gehört", sagte Christian, „das ist mein

Papa. Aber ...“

„Gehen wir ins Haus“, unterbrach ihn Hermine.

„Darf mein Papa ...?“, setzte Christian zu einer Frage an.

„Natürlich. Was soll denn diese Frage?“, sagte die junge Frau.

Dann standen sie sich im Wohnzimmer gegenüber: Herbert und Ileana. Auge in Auge. Und daneben ihre Kinder, sprachlos und über alle Maßen erstaunt. Denn die spürten, dass zwischen den beiden etwas nicht stimmte oder mehr stimmte, als in der gegenwärtigen Situation angebracht war. Doch was angebracht und unangebracht ist, bestimmen nicht Gefühle, sondern Rationament. Das wäre in dieser Situation zwar vonnöten gewesen, aber nicht vorhanden. Ileana war die erste, die ihre Fassung wieder erlangte.

„Herbert?“

„Ihr kennt euch?“, versuchte Hermine einen Gesprächsfaden zu spinnen.

„Ja“, sagte Herbert „schon ziemlich lange.“

„Mutter, ist er ...?“, setzte Hermine zu einer neuen Frage an.

„Ja“, fiel Ileana ihr ins Wort. „Aber ich denke, das können wir ein anderes Mal ausdiskutieren.“ Und zu Herbert gewandt sagte sie in einem Ton, der ihr kurz danach schon wieder leid tat. „Ich habe dich doch gebeten, nicht hierher zu kommen.“

Langsam erlangte Herbert seine Sicherheit zurück. Er fühlte sich hier einigermaßen vor den Spitzeln der Securitate geschützt und begann auf sein Ziel zuzusteuern.

„Ich habe die Zeitung heute gelesen und weiß, was am Wochenende alles passiert ist", sagte er mit fester Stimme.

„Gerade darum hättest du nicht kommen sollen. Auch ich habe die Zeitung gelesen. Du weißt aber nicht alles", entgegnete Ileana in einem schon etwas sanfteren Ton.

„Doch, ich war auf dem Friedhof und habe die Tafel an der Aussegnungshalle gesehen."

Hermine hatte Christians Hand ergriffen. Beide standen angesichts dieser Vertrautheit ihrer Eltern verdutzt da. Dabei schien Christian noch ratloser in die Welt zu gucken als Hermine, die anscheinend doch einen blassen Schein von einer gescheiterten Jugendliebe aus der Lyzeumszeit ihrer Mutter hatte. Doch was diese ihr gegenüber vielleicht irgendwann mal flüchtig in einem lockeren Gespräch angedeutet hatte, war jetzt zur verblüffenden und belastenden Wirklichkeit geworden.

Ileana hatte sich langsamen Schrittes Herbert genähert. Sie stand jetzt vor ihm und streichelte seine bleiche Wange. Dann warf sie Hermine einen schnellen, unsicheren Blick zu. Die fragte aber nicht weiter, nicht nach dem Wochenende ihrer Mutter. Und auch Christian, in dem längst eine Vorahnung diesbezüglich aufgekommen war, verhielt sich weiterhin still. Herbert direkt in die Augen schauend, sagte Ileana:

„Heute Abend noch kommen Traians Verwandte aus Kronstadt. Sie sind schon kurz nach Mittag von zu Hause weggefahren. Und ich werde bestimmt von der Polizei befragt. Man weiß nie, wann die hier auftauchen. Du musst zurück ins Hotel. Bitte versteh mich.

Du weißt, wie wichtig es für mich ist, dich in Sicherheit zu wissen."

„Ich bin ja nicht gekommen, um zu bleiben. Ich habe nur nach dir gesucht, um Christian zu warnen. Du hast doch gerade selber gesagt, dass man dich verhören wird. Das wird man mit Christian auch tun", erwiderte Herbert und wandte sich seinem Sohn zu: „Du musst Rumänien sofort verlassen, am besten schwarz über die Grenze."

„Aber warum kann er nicht legal mit dir nach Ungarn fahren? Wenn Ihr bei Jahrmarkt auf die A1 fahrt, könnt Ihr in ca.15 Stunden zu Hause sein. Ihr seid doch EU-Bürger mit gültigen Pässen", mischte Ileana sich ein, und Herbert war sprachlos über die Kraft, die diese Frau in den vom Tode ihres Mannes und ihres Sohnes befrachteten Stunden ausstrahlte.

Hermine hatte begonnen, leise in sich hineinzuweinen. Sie spürte, dass sowohl Herbert als auch Ileana in den Vorstellungen ihrer Welt aus den 70er Jahren des letzten Jahrhunderts verankert waren. In ihren Köpfen spuckte die Securitate herum: Verhaftung, Verhöre, Misshandlungen und ähnliches. Sie schluckte, nahm tief Luft und begann mit leicht angebrochener Stimme, wie Christian sie bei ihr noch nie gehört hatte, zu reden:
„Die Zeiten sind längst vorbei, vor denen Ihr beide Angst habt. Dieser Geheimdienst ist tot und die Geschichten mit den alten Seilschaften sind Fantasien. Was hat das alles mit Christian zu tun? Man kann ihn doch befragen. Wir waren das ganze Wochenende über zusammen. Wenn er jetzt das Land fluchtartig verlässt, macht er sich erst recht verdächtig. Und das noch über die grüne Grenze. Die ist nicht ganz unbewacht." Und

Christian zugewandt fügte sie mit jetzt gefasster Stimme hinzu: „Nein, ich will nicht, dass du wegläufst wie ein Übeltäter."

Herbert spürte, dass er diesen Kampf verlieren könnte. Hier war Liebe im Spiel, gleich zweimal. Er griff auf seine Argumente zurück, die er am Nachmittag nach der verhängnisvollen Zeitungslektüre im Café an der Loydzeile durchgekaut hatte. Und er hielt sie noch immer für logisch, auch wenn Christians Freundin mit den Hinweisen auf den Abgesang längst vergangener Zeiten recht behalten dürfte. Christian ist vielleicht wirklich nicht in Gefahr, aber er könnte Unannehmlichkeiten bekommen. Und denen hieß es jetzt, solange es nicht zu spät ist, zu entgehen.

Das Gespräch wog hin und her und dauerte fast eine Stunde. Längst standen sich zwei Paare gegenüber: Ileana und Herbert sowie Hermine und Christian. Die Toten spielten in dieser Stunde des Abwägens, des schwierigen und nie eindeutigen Für und Wider nur eine nebensächliche Rolle. Man war sich schließlich einig, dass es hier allein um Christians Zukunft ging. Und in die führte der sicherste Weg über die A1 nach Ungarn und von dort weiter nach Österreich und Deutschland.

## IV – 4

Es war kurz vor Mitternacht. Hermine ging in der kleinen Küche der Wohnung im zweiten Stock auf und ab. Sie weinte wieder in sich hinein. Tränen hob sie sich auf für später. Sie spürte, dass es dazu noch genügend Gelegenheiten geben wird. Jetzt dominierte die Angst ihr Gefühlscocktail, das ihr vom Schicksal gemischt worden war, obenauf natürlich die Angst um ihren Geliebten. Sind das ihre letzten gemeinsamen Stunden überhaupt? Wird sie ihn wiedersehen? Wann und wo? Vielleicht sogar in einem rumänischen Gefängnis oder Gerichtssaal? Das wird er nicht überleben. Ohne Sprachkenntnisse, und jeder kennt die menschenunwürdigen Haftbedingungen in Rumänien. Ihr Herz schnürte sich zusammen. Sie presste die Hände vor die Brust und biss sich auf die Lippen.

Christian war im Schlafzimmer und packte seinen Koffer. Er dachte an viel, doch am wenigsten an seine Karriere. Und das, obwohl ihm bewusst war, dass die jetzt sowieso auf der Kippe stand. Er warf einen Blick auf die Uhr. Sein Vater, den er am Abend zurück in sein Hotel gebracht hatte, wollte um vier Uhr vor dem Wohnblock auf ihn warten. Bei Sonnenaufgang könnten sie an der rumänisch-ungarischen Grenze sein. Ohne Hermine. Das machte ihn wahnsinnig. Eigentlich sollte er bleiben. Man wird ihm das als Flucht nach einem Verbrechen ankreuzen. Ich muss mit Hermine sprechen. Er schreckte regelrecht auf aus seinem Gedankenwirrwarr. Wo ist sie? Er lief mehr als er ging über den kleinen Korridor zur Küche, wo das Licht brannte. Sie drehte sich ihm zu und lag auch sogleich an seiner Brust. Er streichelte ihr Haar und suchte nach Worten.

„Schatz …"
„Sag jetzt bitte nichts. Du weißt, wie sehr ich dich liebe." Er spürte diesen beklemmenden Bruch in ihrer sonst so klaren und hellen Stimme. Aber er musste es

noch einmal versuchen.

„Du musst mitkommen. Ich fahr nicht ohne dich."

Hermine schwieg eine Weile und dann hatte ihre Stimme plötzlich einen ganz anderen Klang. Mehr so wie früher. Hell und entschlossen.

„Nein. Ich werde meine Mutter nicht mit zwei Beerdigungen zurücklasse. Das wird auch dein Vater nicht wollen."

„Bitte .. bitte", stammelte Christian. Jetzt hatte er den Bruch in der Stimme. Sie klang so traurig und kraftlos.

„Nein … nein", legte Hermine sich fest.

Dann war für Worte kein Platz mehr zwischen den sich berührenden Lippen. Er schien endlos zu sein, dieser Kuss des Abschieds. Christian nahm sie nach einer viel zu kurzen Unendlichkeit auf die Arme und trug sie über die Türschwelle des Schlafzimmers wie ein Bräutigam seine junge Frau in der Hochzeitsnacht. Sachte legte er sie auf das Bett, in dem sie ihre wahre Ehe längst vollzogen hatten. Und dann begannen die Tränen bei Hermine zu fließen. Er spürte die Perlen auf seiner Zunge und damit die Erleichterung, die der salzige Geschmack in ihm auslöste. Und sie hatte die Augen längst geschlossen und genoss die Zuversicht, die sie in sich aufsteigen spürte. Es wird schon gut gehen. Es wäre bestimmt für beide am besten gewesen, wenn Herbert Sternauer jetzt aufgetaucht wäre. Aber es war erst kurz nach Mitternacht und bis um vier Uhr sollten sie noch einige Gefühlsgipfel erklimmen und -täler durchschreiten.

## IV – 5

Dieser Dienstagmorgen war wolkenlos und kühl. Der Himmel begann im Osten langsam heller zu werden. Die zwei Männer in dem Audi A2 hatten aber noch das Dunkel der Nacht vor sich. Sie fuhren hinter Arad auf der A1 in Richtung Grenze. Ungarn hieß ihr angepeiltes Ziel. Das zu erreichen war ihr einziger Wunsch. Danach wird sich schon alles ergeben. Wie, wusste natürlich keiner von beiden.

Herbert und Christian redeten kaum miteinander. Sie fuhren gen Westen und ließen beide je eine große Liebe im Osten zurück. Herbert spürte zudem die Unsicherheit, seine Zukunft betreffend. Die vielen offenen Fragen. Seine Frau war eigentlich nie die seine, seine Eltern waren ihm so fremd wie er ihnen, nur zu seinem Sohn hatte er zwar kein herzliches, aber doch ein als normal empfundenes Verhältnis. Und Ileana? Ohne sie ist alles plötzlich so sinnlos wie so viel in den Jahren zuvor.

Christian ging es auf dieser Fahrt nicht besser. Es war der Verlustschmerz, gepaart mit Selbstzweifel, die ihn quälten. Alles kreiste in seinem Kopf um Hermine. Und um die zermürbende Frage, ob es richtig war, was er jetzt tat. Er sah schon die Überschrift in rumänischen Zeitungen: Deutscher Manager ermordet rumänischen Unternehmer. Aber vielleicht kommt es gar nicht zu seiner geplanten Flucht, Nadlak ist schon nahe und gleich dahinter die Grenze und wer weiß ... Dann riss Herbert ihn aus seinen Grübeleien.

„Wenn wir Glück haben, winken sie uns durch."

„Ja, das werden wir wohl brauchen. Dringender als je zuvor", antwortete Christian.

„Die kontrollieren nur die großen LKWs strenger, weil es nach einer neuen Schmugglerroute vom nahen Osten über Rumänien nach Westeuropa aussieht. Da habe ich erst vor ein paar Wochen eine Reportage zu diesem Thema gesehen."

„Das erklärt wohl die lange LKW-Kolonne. Schmuggler gibt es aber auch in kleinen Autos."

„Wir sind weder Schmuggler, noch sind wir auf der Flucht."

„Sondern?"

„Wir bringen uns nur in Sicherheit."

„Du bringst mich in Sicherheit. Aber vor wem?"

„Vor einer Justiz, die du nicht kennst", sagte Herbert mit festem, entschlossenem Ton, da er spürte, wie sehr sein Sohn unter der Situation litt.


Sie fuhren schon mehr als eine Viertelstunde an dem LKW-Stau vorbei. Und es ging auch auf ihrer Spur langsamer. Das sah nicht nach Durchwinken aus. Es ging nur noch im Schritttempo weiter. Mehr als 500 Meter schätzte Herbert die Distanz bis zum Grenzübergang aber nicht. Es war Tag geworden. Der Vater saß am Steuer, der Sohn auf dem Beifahrersitz. Es kann ein guter Tag werden oder ein schlechter. Aber wann ist er gut? Wenn sie sich auf der anderen Seite der Grenze in Sicherheit wähnen? Ohne Hermine? Ohne Ileana? Sieht so eine Freiheit aus? Und wann wird er schlecht sein, dieser Tag? Wenn schon nach Christian gefahndet wird? Wenn sie ihm gleich die Handschellen anlegen werden? Wo liegt denn hier ein gravierender Unterschied zwischen Gut und Schlecht? Die Gedanken in den zwei Köpfen waren nicht gleich, aber sie ähnelten sich doch sehr. Und die zwei Männer näherten sich langsam aber unaufhaltsam ihrem Schicksal, wie sie meinten. Dann stand der Zöllner an ihrem Auto. Herbert hatte die Scheibe schon länger heruntergelassen. Die frische Morgenluft schien ihm die Kraft und Selbstbeherrschung zu geben, die er jetzt so nötig hatte.

„Bună dimineața. Actele dumneavoastră de identitate vă rog. - Guten Morgen. Ihre Ausweispapiere bitte."
Herbert reichte dem Mann in seinem Alter seinen Personalausweis. Der rumänische Staatsdiener sah ungewöhnlich lange auf das Foto, dann wieder zu Herbert.
„Von wo kommen Sie?", fragte er, und Herbert, der ein ungutes Gefühl hatte, fragte sich schon, wieso der Beamte ihn rumänisch mit einer Selbstverständlichkeit angesprochen hatte, als ob er wüsste, dass der Reisende vor ihm die rumänische Sprache beherrscht. Und auch das weitere Gespräch ließ ihn rätseln.
„Von Jahrmarkt", sagte Herbert und fügte schnell hinzu, „die Gräber meiner Großeltern herrichten."
„Und der Herr neben Ihnen?"
„Ist mein Sohn, der hat mir geholfen."
„Kann ich bitte Ihren Ausweis haben?"
Christians Hand zitterte leicht, als er dem Zöllner seinen Ausweis reichte.
„Nur einen Augenblick bitte", sagte der Mann, nachdem er den Ausweis einige Male umgedreht hatte, und ging ins Zollhaus.

Es ist aus, dachte Christian. Das war's dann wohl, sagte sich Herbert und hielt das Lenkrad fest umklammert, so als ob er lenken würde. Keiner sprach ein Wort. Beide spürten in diesen Minuten, was Ewigkeit bedeutet. Dann kam er endlich zurück. Gemächlichen Schrittes. Ja, ungewöhnlich langsam. Er hielt noch immer beide Personalausweise in der Hand, als er fragte: „Haben sie etwas zu verzollen?"

„Nein, wir haben nur Reisegepäck dabei", antwortete Herbert.

Dann reichte der Beamte mit nachdenklichem Gesichtsausdruck, markante Runzeln auf seiner Stirn waren unverkennbar, Herbert die zwei Ausweise, beugte sich zu dem Fahrer herab, sah ihn mit eindringlichem Blick an und sagte mit abgesenkter Stimme, so als sollte niemand außer den zwei Männern im Auto das Gesagte hören: „Solltest du eines Tages wieder ins Banat kommen, erzähle bitte niemand, dass du heute hier an diesem Grenzübergang das Land verlassen hast." Und die Verblüffung Herberts bemerkend, fügte er noch in freundlichem Ton hinzu: „Wer weiß, vielleicht laufen wir uns eines Tages in Temeswar über den Weg, dann können wir von alten, einigen längst vergessenen und ab und zu sogar guten Zeiten schwärmen." Er wartete nicht, bis der fast in Schockstarre verfallene Deutsche im Auto seine Fassung wieder erlangte, grüßte militärisch mit der rechten Hand am Mützenschirm und sagte freundlich „Drum bun! – Gute Reise!" Dann trat er vom Auto zurück und gab mit einer Handbewegung die Weiterfahrt nach Ungarn frei.

# V. Kapitel

## 1

Herbert trat aufs Gaspedal. Nicht überhastet. Der rätselhafte Zollbeamte sollte nicht misstrauisch werden. Christian beäugte seinen Vater so unauffällig wie möglich. Wie groß muss die Angst sein, die in ihm steckt, dachte er dabei. Es sind jetzt so viele Jahre her, dass er dieses Land verlassen hat, und er hat doch nie von irgendwelchen Schikanen durch die Securitate erzählt. Woher also diese Angst? Die Situation kam Christian äußerst surreal vor, obwohl auch ihm das Verhalten des Zöllners nicht ganz geheuer war, zumindest soweit er mit seinen bescheidenen Rumänischkenntnissen dem sonderbaren Dialog folgen konnte. Und während das Auto langsam in die ungarische Grenzstation rollte, legte er sich sogar eine Erklärung zurecht, die ihn aber alles andere als beruhigte.

Christian war gespannt, ob die ungarischen Beamten am Nagylaker Grenzübergang auch die Ausweise verlangen würden. Zwei von ihnen, ob Zöllner oder Grenzpolizisten konnte er nicht einordnen, da ihm die ungarischen Epauletten genauso wenig sagten wie vorher die rumänischen, saßen in ihrem Häuschen, reckten kurz die Hälse, wahrscheinlich um das Nummernschild zu sehen, und winkten den Audi A2 durch. Selbst jetzt fuhr Herbert noch langsamer als es die Polizei erlaubt, bis er den Grenzübergang auch mit dem hinteren Spoiler passiert hatte. Dann aber drückte er auf die Tube. Und Christian konnte sich ein erleichterndes

Lächeln nicht verkneifen, als er bemerkte, wie von seinem Vater die Anspannung abfiel. Der aber fuhr auf der Bundesstraße 43, oder in Europamaßstäben auf der E68, bis Apátfalva, ohne eine Silbe von sich zu geben, was wiederum Christian zu der unausgesprochenen Feststellung veranlasste: So muss wohl ein stiller Genießer nach allen Regeln der Kunst aussehen. Dann sahen sie in der Ortsmitte ein Schild mit der Aufschrift „Restaurant". Auf einer weiteren vor dem Haus aufgestellten Tafel stand „Fekete Bika Etterem". Zwar verstand keiner der beiden eine Silbe Ungarisch, aber auf dem Schild war auch ein Büffel gemalt. Da konnten Steaks nicht weit sein. Also lenkte Herbert sein Auto von der Straße runter und parkte neben einem weißen Opel mit ebenfalls deutschem Kennzeichen.

Noch immer war kein Wort zwischen Vater und Sohn gefallen. Sie stiegen aus dem Auto. Und wer nun glaubt, die zwei wären sich um den Hals gefallen, der liegt falsch. So nah waren sie sich eigentlich nie gewesen. Aber Christian legte jetzt seinen Arm um Herberts Schulter, er war auch um gut einen halben Kopf größer als sein Vater, und beide gingen wohl mit dem Gefühl in das Restaurant, dass sie ab sofort viel mehr als Vater und Sohn waren, nämlich Kumpels, die sich in höchster Gefahr bedingungslos aufeinander verlassen konnten.

Es war schon kurz vor Mittag, als die zwei Männer das schmucke Restaurant betraten. An einem Tisch saßen ein Mann und zwei Frauen, wahrscheinlich die Insassen des weißen Opels. Könnten Landsleute sein, dachte Herbert, während er sich an einem Tisch in der Ecke der Stube niederließ. Christian nahm ihm gegenüber

Platz. Nachdem sie bei einem gebrochen deutsch sprechenden Kellner ein Gulasch bestellt hatten - Steak könnten sie zu Hause auch haben, meinte Herbert -, begann sich langsam ein mit leisen Stimmen geführtes Gespräch zu entwickeln.

„Papa, ich danke dir", sagte Christian und sah Herbert mit einem Lächeln an.

„Also ich hatte schon das Gefühl, dass du bis zur Grenze nicht von unserem Tun überzeugt warst", entgegnete Herbert.

„Das war auch so, aber das sonderbare Benehmen dieses rumänischen Zollbeamten, hat mir zu denken gegeben?"

„Ja, da schau her! Kannst du denn schon so gut Rumänisch? Da hat deine Freundin ganze Arbeit geleistet."

„Also alles habe ich nicht verstanden, aber ich habe auf dem Weg bis hierher versucht, mir einiges zusammenzureimen."

„Aha, lass mal hören mein Junge." Der Kellner hatte zwei Stamper mit Pálinka gebracht und die zwei Männer stießen an. „Du fährst aber weiter", sagte Herbert.

„Ja, das sind ja kleine Schnapsgläser und bis wir gegessen haben, wird der Alkohol sich schon verflüchtigt haben", erwiderte Christian.

„Und was hast du dir zu diesem rumänischen Beamten zurechtgelegt?", griff Herbert den Gesprächsfaden wieder auf.

„Erstens hatte ich den Eindruck, dass er dich kannte, und zweitens denke ich, dass er über unsere Flucht informiert war."

„Nein. Glaubst du das wirklich?"

„Ja. Und das würde heißen, dass du mit deiner Annahme, man würde mich als Verdächtigen suchen, recht hast."

Das Gulasch war sehr schmackhaft und scharf. Schließlich war man ja auch in Ungarn. Die zwei Männer in dem Steak-Restaurant ließen sich Zeit. Sie hatten sich auch viel zu erzählen. Eigentlich lief ihr weiteres Gespräch auf eine Komplizenschaft hinaus. Schon bald waren die rumänischen Probleme, so schlimm und vielleicht noch folgenreich sie auch waren und werden konnten, in den Hintergrund gerückt und die ungelösten familiären Unzulänglichkeiten drängten sich in den Vordergrund. Doch nicht allzu lange, denn sie waren ohne die in Temeswar zurückgelassenen Schwierigkeiten nicht denkbar. Doch musste diese verworrene Gemengelage ja nicht hier und jetzt entflechtet werden. Der Weg durch Ungarn und Österreich war lang genug, um gemeinsam Strategien zu entwickeln, wie man den zu erwartenden Unwägbarkeiten begegnen kann. Und so fuhr ein Audi A2 durch die sonnendurchflutete Puszta in Richtung Österreich. Vollgepackt mit Zweifel, Hoffnungen, Zuversicht, Niedergeschlagenheit, Kampfgeist, Ratlosigkeit und vor allem mit zwei Frauenbildern in zwei Männerherzen und –köpfen: Ileana und Hermine – der Kleber einer Vater-Sohn-Komplizenschaft, in der Erika keine Rolle mehr spielte.

## V – 2

„Bringst du mich heim?", fragte Christian.
„Klar", sagte Herbert.

Die zwei Männer waren müde. Herbert altersbedingt wahrscheinlich mehr als Christian. Es war 22 Uhr, als sie bei Ingolstadt Süd die A9 verließen. Die Fahrt durch Ungarn und Österreich war problemlos verlaufen. Sie hatten sich am Lenkrad abgewechselt, bei Graz getankt und in der Autobahnraststätte etwas gegessen. Jetzt waren sie wieder zu Hause. Dieses Gefühl hatten beide: zu Hause zu sein. Und es tat ihnen trotz der Müdigkeit und der zu erwartenden Probleme gut.

Und doch schliefen beide schlecht. Christian hatte mehr als Liebeskummer. Es war regelrechte Angst, die sich jetzt bei ihm, allein in der Wohnung, einstellte. Angst um Hermine. Was werden die rumänischen Ermittler mit ihr machen? Vielleicht sind die wirklich so brutal, wie man es der ehemaligen Securitate nachsagt. Es war feige von ihm, einfach abzuhauen. Und was wird morgen in der Firma passieren? Was soll er überhaupt in der Vorstandssitzung erzählen? Werden seine Vorstandskollegen ihm glauben? Es führt wohl kein Weg daran vorbei, ihnen von seiner Beziehung zu Hermine zu erzählen – falls es nicht schon bekannt war. Schließlich hat der Ingenieur, der ihn zum ersten Mal nach Temeswar begleitet hatte, auch Augen im Kopf. Und ein Betriebsgeheimnis hätte er bestimmt nicht ausgeplaudert, wenn er von seinen Beobachtungen in Temeswar im Büro erzählt hätte. Und erst wenn der mögliche Mordverdacht gegen ihn, Christian Sternauer, bekannt wird, könnte es um seine so erfolgversprechend begonnene Karriere schlecht stehen. Und erst die deutschen Medien. Das wird der Aufsichtsrat von BÖTTCHERHOLZ nicht dulden. Ein schlechtes Image durch eine gescheiterte Kooperation, um nicht zu sagen Übernahme, werden die Damen und Herren nicht dulden. Aber das kann man überstehen. Vorstände kommen und gehen in der Wirtschaft. Wäre da nur nicht Hermine. Sie hat drauf bestanden, dass er mindestens einen Monat lang nicht anruft. Wie soll das gehen? Christian drehte sich im Bett unruhig hin und her. Er schaltete das Radio ein und ließ sich mit klassischer Musik berieseln. Es war lange nach Mitternacht, als der Schlaf doch die Oberhand im Kampf mit seinen Sorgen gewann.

Herbert öffnete zu Hause zuerst die Wohnzimmertür zum Balkon und dann das Schlafzimmerfenster. Die Luft in der Wohnung war alt. Fast drei Wochen alt. Drei Wochen, die sein Leben auf den Kopf gestellt hatten. Er trat auf den Balkon. Die frische Luft kam vom Friedhof her. Er sog sie tief ein. Und dachte an Ileana. Er hatte sie wieder gefunden. Ohne sie gesucht zu haben. Oder doch? Hatte er nicht schon immer an sie gedacht? War ihr Antlitz jemals aus seinem Kopf verschwunden? Das sind doch Hirngespinste. Natürlich hatte er ab und zu an sie gedacht. Aber das war Erinnerung. Doch jetzt spielt das Schicksal. Es ist Liebe, stärker als damals.

## V – 3

Es war so ruhig auf der Terrasse. Nur vom nahen Wald kam ein leises Säuseln herüber. Und auch das gleichmäßige Summen des Autoverkehrs auf der Durchfahrtsstraße zur A1 war vernehmbar, aber nicht mehr störend für Menschen, die in diesem stadtnahen Ort wohnten – wie eben Ileana und lange genug auch Hermine. Man gewöhnt sich halt an alles. Auch an ganz neue Situationen. Es ist schon einen Monat her, dass Traian und Vasile ihre ewigen Ruhestätten auf dem nahen Friedhof bekommen haben. Nach einigem Hin und Her hatten die Behörden Vasiles Leichnam doch noch freigegeben. Das hatte zur Folge, dass Neussentesch seit sehr, sehr langer Zeit wieder ein Doppelbegräbnis hatte. Wer bisher die Familie Roman nicht kannte, der wusste jetzt Bescheid. Nicht nur die Gemeinde hatte plötzlich ein sehr spannendes Thema. Alle Zeitungen hatten den Mordfall aufgegriffen und die Staatsanwaltschaft ermittelte in alle Richtungen. Sogar überregionale Presseorgane, Radio und Fernsehen berichteten. Schließlich ging es um den Tod eines jungen Unternehmers und um ein gescheitertes Übernahmeverfahren durch einen deutschen Konzern. Und um die zu Spekulationen animierenden ungeklärten Zusammenhänge.

Ileana trank ihre Tasse aus und wollte sich von ihrem Stuhl erheben. „Lass, ich mach das", sagte Hermine und ging in die Küche. Sie kehrte mit einem frisch zubereiteten Kaffee zurück und füllte die Tasse ihrer Mutter mit dem ein wohltuendes Aroma verbreitenden Getränk. Ileana nahm einen tiefen Schluck. Es war wahrlich nicht der erste an diesem Tag und schon längst nicht der einzige in den zurückliegenden vier Wochen.

„Mutti, du trinkst zu viel Kaffee", sagte Hermine.
„Ich weiß", entgegnete Ileana, ohne ihre Tochter dabei anzuschauen, „aber er tut mir gut. Zumindest immer für ein paar Minuten."
„Wir können nichts ungeschehen machen", versuchte Hermine ihre Mutter aufzubauen, „und wir haben uns nichts zuschulden kommen lassen."

„Vielleicht bei Vasile. Er ließ sich nichts sagen. Ich weiß. Aber dein Vater? Er würde noch leben, wenn ich …"

„Ja, vielleicht, aber nur vielleicht. Du musst die Zeit wirken lassen. Denk an sein unstetes Leben. Es war Herzinfarkt. Er ist nicht hier zu Hause gestorben. Es ist in der Kneipe passiert. Dort wärest du sowieso nicht dabei gewesen."

„Vielleicht hat er von Vasiles gewaltsamem Ende gehört. Du weißt doch, wie schnell die Nachrichten durch diese Milieus rauschen. Wäre ich aber am Samstag daheim geblieben, wäre er vielleicht nicht weggegangen."

„Nein, so darfst du nicht denken", versuchte Hermine alles, um Ileana aufzubauen, und fuhr, sich völlig bewusst, dass sie dabei einseitig und möglicherweise auch ungerecht Partei für ihre Mutter ergriff, fort, „er war doch am Samstag nicht zum ersten Mal von zu Hause weg. Du musst der Realität in die Augen schauen, sonst wirst du die nächsten Monate nicht durchstehen. Ich hatte Papa lieb, du weißt es. Aber das darf mich nicht blind vor der Wahrheit machen. Und dich auch nicht. Du musst versuchen, dein Augenmerk auf die Firma zu richten. Du allein bist die Hoffnung der Belegschaft. Du warst jahrelang der ruhende Pol des Unternehmens."

„Ich bin 60 Jahre alt", sinnierte Ileana mit halblauter Stimme, ohne auf die Überlegungen ihrer Tochter einzugehen.

Es waren gerade diese nur geflüsterten Zweifel der vom Schicksal gebeugten Frau, der man aber trotz der letzten turbulenten Wochen ihr Alter nicht ansah, die Hermine dazu bewogen, nicht aufzugeben. Ileana wirkte, klammert man ihre jetzt verhärmten Gesichtszüge aus, eher wie eine lebensfrohe Mittfünfzigerin. Und ihre Tochter wusste sehr wohl, dass in ihr jugendliche Kräfte schlummerten, die kurz vor dem Tode ihres Mannes und Sohnes zuerst wie eine zarte Flamme und dann wie ein mächtiges Feuer entfacht worden waren. Aber die war jetzt mit einer ziemlich dicken Schicht Asche überdeckt, die es zu entfernen galt.

Und das konnte nur mit einer zweiten Wirklichkeit, in der Mutter und Tochter sich wiederfinden mussten, gelingen. Hermine wusste das. Und sie war entschlossen, ihre und ihrer Mutter erste Wirklichkeit mit dieser zweiten zu übertünchen. Auch wenn es vielleicht noch zu früh war und man so der Zeit eine wichtige Heilungsmöglichkeit nahm. Auch wenn es einer Schocktherapie für ihre Mutter gleichkam. Sie musste es probieren. Und sie durfte dabei die auch in ihr schlummernden und sich sporadisch zeigenden Selbstzweifel nicht aufkommen lassen. Es gab eigentlich nur einen Weg, einen alternativlosen. Und der war mit zwei Männern verbunden, die weit weg waren und deren Wiederkehr in den Sternen stand. Surreal, ging es der Germanistikstudentin durch den Kopf. Ist das überhaupt wirklich, was sie und ihre Mutter gerade erleben? Es ist doch nichts mehr da, an das sie sich festklammern könnten. Alles schwebt. Alles! Hermine schien in diesen Augenblicken die zweite Wirklichkeit, die sie sich noch vor wenigen Minuten zurechtgelegt hatte, zu entgleiten. Umso dankbarer war sie daher, als Ileana sie aus ihrem aufsteigenden Trübsinn riss.

„Glaubst du, dass wir sie wieder sehen werden?",

unterbrach die Ältere die Stille und benutzte zum ersten Mal eine Formulierung, die auf beide Männer hindeutete.

„Wir … sie?", fragte Hermine dankbar.

In Ileanas Blick lag plötzlich ein Schimmer der Zuversicht. Zum ersten Mal in den letzten Wochen. Noch kein Lächeln, aber ein Zeichen, das ihre Tochter sofort aufgriff. Nein, diese Gelegenheit wollte Hermine sich nicht entgehen lassen. Ihre zweite Wirklichkeit konnte real werden, vorstellbar, irgendwann auch greifbar. Hermine begann mit dem Übertünchen.

„Mutti, hast du ihn immer geliebt?"

„Ja."

„Obwohl er dich verlassen hatte."

„Gefühle kennen keine Rationalität. Ich habe ihn geliebt. Über alles geliebt."

„War er in deiner Klasse?"

„Nein, in der Parallelklasse. Ich wurde erst im 11. Schuljahr auf ihn aufmerksam. Aber dann war es um mich geschehen. Ich war ihm regelrecht hörig. Und er hat es bestimmt gemerkt."

„Und ausgenutzt", sagte Hermine mit einer unüberhörbaren Bitterkeit in der Stimme.

„Nein, nein", erwiderte Ileana schnell, und Hermine glaubte ein leises Beben in der Stimme ihrer Mutter zu vernehmen, als sie weitersprach, „das hat er nie getan. Er hat mich nie für irgendwelche Zwecke ausgenutzt. Auch nicht sexuell. Ich habe nie an der Aufrichtigkeit seiner Liebe gezweifelt. Nie! Wir kamen auch aus ähnlichen Gesellschaftsstrukturen. Wir waren beide Dorfkinder. Er aus einem mehrheitlich von Deutschen bewohnten Dorf nördlich von Temeswar und ich aus einem rein rumänischen Dorf südlich der Stadt."

„Und dass ihr verschiedenen Nationalitäten angehört habt, spielte keine Rolle?"

„Eine Zeit lang nicht. Meine Mutter hat mich zwar gewarnt, das könnte nicht gut ausgehen, aber es war sehr halbherzig, die üblichen Sorgen einer Mutter, die Unheil von ihrer Tochter fernhalten will."

„Und Herbert?", fragte Hermine jetzt direkt.

„Er hat eigentlich fast nie von seinen Eltern gesprochen," sagte Ileana. „Und dann war er eines Tages weg."

„Einfach so?"

„Ja."

„Und du hast nie mehr etwas von ihm gehört?"

„Nein. Ich habe oft die Versuchung verspürt, mich nach ihm zu erkundigen. Habe es dann aber doch nie getan. Dann habe ich deinen Vater kennengelernt und es ging mir besser."

„Hast du ihn geliebt?"

„Wen?"

„Vater."

„Ja, aber …"

„Du konntest nicht vergessen. War es so?", wollte Hermine es jetzt, wo sie spürte, dass ihre Mutter alle Hemmungen fallen ließ, genau wissen.

„So und nicht anders", sagte Ileana, während ein flüchtiges Lächeln ihre sich lockernden Gesichtszüge überflog.

„Hast du Vater von deiner Jugendliebe jemals etwas erzählt?"

„Einmal. Aber es hat ihn nicht sonderlich interessiert. Jugendlieben hat man nun mal. Die kommen und gehen. Auch wenn man sich an einige ein Leben lang erinnert."

„Und so eine war Herbert für dich."

„Genau … Und das wäre sie auch geblieben, wenn der Zufall nicht verrückt gespielt hätte."

„Es hat in den letzten Monaten ziemlich viele Zufälle in unserem Leben gegeben", griff Hermine sofort nach dem neuen Strohhalm. „Man kann das doch auch Schicksal nennen. Es hat so kommen müssen. Ganz ohne unser Zutun. Und wenn wir es akzeptieren, schaffen wir es vielleicht sogar, es zu unseren Gunsten zu beeinflussen."

„Meinst du das Schicksal? Ist es nicht überheblich, so zu denken, ja vielleicht sogar frevelhaft?", zweifelte Ileana mit lauter Stimme.

„Komm, Mutti, warum jetzt mit dem Schicksal hadern? Hilf dir selbst, dann hilft dir Gott."

Hermine spürte, dass sie ganz nahe am Ziel war. Sie vernahm die leicht aufsteigende Zuversicht  in der Stimme ihrer Mutter. Und sie wusste, dass sie dieses Gespräch jetzt auf keinen Fall beenden durfte, und wenn es noch so spät wird an diesem schönen Sommerabend des Jahres 2013. Sie saßen noch lange auf der Terrasse. In allen Nachbarhäusern war das Licht schon erloschen. Die Uhrzeit ging Mitternacht entgegen. Der Mond nahm der Umgebung die letzten scharfen Konturen. Es war alles etwas verschwommen. In diesem diffusen Schein begann sich bei den zwei Frauen der Gedanke durchzusetzen, dass doch nicht alles so schlimm sei, wie sie es bisher angenommen hatten. Die Bank hatte signalisiert, dass sie noch einmal über eine eventuelle Kreditlinie nachdenken werde. Das war für PROGRESS ein sehr starkes Überlebenszeichen. Es musste für sie ein Licht geben, das es sich lohnte anzusteuern. Jetzt, sofort. Sie konnten beide nicht tatenlos warten, was das Schicksal mit ihnen vorhatte. Dieses Licht konnte nur die Firma sein. Dort war es eigentlich nie zum Produktionsstillstand gekommen. Die zwei seit vielen Jahren beschäftigten Meister, wahre Künstler ihres Metiers, hielten den Laden am Laufen. Und das soll er auch weiter, laufen, weiterlaufen, waren sich die zwei Frauen, Ileana und Hermine, Mutter und Tochter, einig, als die Turmuhr einmal schlug und die Terrasse schon zur Hälfte im Mondschatten des Nachbarhauses lag.

## V – 4

Herbert hatte den Eindruck, dass ihm die Zeit abhandengekommen war. Sind es jetzt drei oder gar schon vier Wochen, dass er zurück in Ingolstadt ist? Ein Tag öder als der andere. Er spürte, dass er das nicht mehr lange aushalten wird. Erika hat er nicht angerufen. Das war für ihn ein abgeschlossenes Kapitel. Umso mehr telefonierte er aber mit Ileana. Täglich. Auch mehrmals. Wenn er nur an sie dachte, war er sofort wieder der 20-jährige Abiturient. Kaum hatte er aber den Hörer hingelegt, war diese kaum zu ertragende Leere wieder in und um ihn. Was suche ich da? Was will ich überhaupt noch hier? Ich fahre zurück. Komme was wolle.

Aber da war noch dieser Besuch. Die goldene Hochzeit seiner Eltern. Dort hatte er eine Bringschuld. Er musste hin, in das kleine Häuschen am Stadtrand, dass sie sich gekauft hatten, als ihnen klar war, dass ihr missratener Sohn nichts von einem großen Haus mit einem Viergenerationenhaushalt, mit dem man sich bei den

108

Landsleuten auf diversen Zusammenkünften brüsten konnte, und durch das man Gäste mit geschwellter Brust aufführen konnte, hielt. Da schaut her, was wir tüchtige Leute sind, was wir uns schon alles in Deutschland geschaffen haben. Herbert grauste es vor solchem spießbürgerlichen Gehabe. Er hatte es damals, als sie die ersten Jahre in Deutschland waren, einige Male zwangsweise während Besuchen bei Verwandten in anderen Städten miterlebt. Grauenhaft. Schau, was die haben und wir …

Dann griff er eines Tages doch zum Telefon. Was sein muss, muss sein! Also tippte er die Nummer seiner Eltern. Gewappnet mit einem Blumenstrauß, einer Tafel Schokolade, einem Aprikosenschnaps aus dem Gourmetladen in der Innenstadt und einer Tüte Temeswarer Eugenias machte er sich auf den Weg. Was sein muss, muss sein! Er war auf alles vorbereitet. Auch auf die schlimmsten verbalen Auswüchse. Einen Augenblick hatte er sogar daran gedacht, seine Schwester um Begleitschutz zu bitten. Dann ließ er es aber sein. Das stehst du durch. Auf eine Szene mehr oder weniger kommt es auch nicht mehr an. Was sein muss, muss sein! Natürlich hatte Christian ihm erzählt, wie ausfällig seine Mutter auf ihrer goldenen Hochzeit geworden war. Herberts Strategie war einfach, auch wenn sie mehr nach weißer Fahne als nach Angriff aussah. Er werde ruhig, ganz ruhig zuhören und dann ruhig, ganz ruhig erklären, dass sein Scheidungsentschluss genauso unverrückbar sei wie seine endgültige Rückkehr ins Banat. Was sein muss, muss sein!

Herbert klingelte. Nach einer Weile öffnete sich die

Haustür. Langsam, ganz langsam. Ein Gesicht mit eingefallenen Wangen lugte durch den Türspalt. Dann ging die Tür ganz auf. Der Mann im halbdunklen und muffig riechenden Korridor war gebeugt, hatte O-Füße und schaute durch eine Brille mit beschädigtem und notdürftig repariertem Rahmen. „Hallo", sagte Herbert. „Ach du bist es", sagte Paul Sternauer. „Ich habe heute so Schmerzen in den Knien. So kann man doch nicht weiterleben. Ich glaube, ich halte es nicht mehr lange aus. Deine Mutter ist drin, sie hat auch Schmerzen in den Beinen, Wasser. Aber komm rein." Herberts Vater, schwankte durch den Korridor wie ein Kahn auf hoher See. „Paul, hast du die Türklingel nicht gehört? Da ist doch jemand. Paul, wo steckst du schon wieder. Dieser Mann ist unmöglich", war eine krächzende Frauenstimme aus dem Wohnzimmer zu vernehmen.

Kurz vor der offenstehenden Wohnzimmertür drückte Paul sich an die mit Bildern und Fotos bestückte Korridorwand. „Schau, wen ich dir mitgebracht habe", sagte er, und Herbert ging an ihm vorbei ins Wohnzimmer. Rosa Sternauer saß im Sessel, aufrecht. Sie war korpulent und füllte das Möbelstück voll aus. „Ja, wo kommst denn du jetzt her?", begrüßte sie ihren Sohn, noch bevor der den Mund geöffnet hatte. Dann hob sie sich ohne besondere Mühe aus dem Sessel und streckte dem etwas verdutzt dreinschauenden Herbert die Hand zur Begrüßung entgegen. Ob sie ihn jemals, auch als Kind, umarmt hatte, hätte Herbert beim besten Willen nicht mehr sagen können. Zumindest soweit er sich zurück erinnern konnte … Er ergriff die Hand. Sie war klein und kalt, aber fleischig. „Grüß Gott", sagte er. „Ich war im Banat und habe euch eine Kleinigkeit mitgebracht, für dich und Vater." Auch Paul war ins Zimmer gekommen und stand jetzt neben seinem Sohn. Dabei fiel dem ein, dass er seinen Vater noch gar nicht per Handschlag begrüßt hatte. Paul Sternauers Hand war klein und kalt und knochig. Er sah zu seinem Sohn auf und sagte ihm, dass er heute so große Schmerzen in den Knien habe und dass es wohl bei ihm nicht mehr lange dauern könne. „Hör endlich auf mit dem Gejammer, das hält ja kein Mensch mehr aus", schimpfte Rosa und wandte sich dann ihrem Sohn zu: „Und wie war es im Banat? Warst du auch in Jahrmarkt?"

„Ja, klar", sagte Herbert, sich schon darauf vorbereitend, dass er wohl gleich mit zumindest einer Lüge aufwarten müsse.
„Und ist alles in Ordnung?, fragte seine Mutter weiter. „Warst du auch auf dem Friedhof?"
„Ja, natürlich, es ist alles in Ordnung. Ein bisschen Gras. Aber das habe ich rausgezupft", log Herbert, ohne ein schlechtes Gewissen zu verspüren.
„Ich weiß gar nicht mehr, wie es dort war", meldete sich Vater Paul zu Wort. „Habe alles vergessen. Jetzt habe ich so Schmerzen in den Knien. Gestern nur im linken. Aber jetzt auch im rechten."
Mutter Rosa reagierte diesmal nicht auf die Schmerzen. Sie warf ihrem Mann nur einen verächtlichen Blick zu, schüttelte den Kopf und sagte zu ihrem Sohn: „Das wird von Tag zu Tag schlimmer."

Der glaubte, dass jetzt der Augenblick günstig wäre, sich für seine Abwesenheit bei der goldenen Hochzeit seiner Eltern zu entschuldigen. „Weist du, ich wäre schon gerne zu eurer ..." Weiter kam er nicht, mit seiner vorbereiteten Heuchelei, die auch eine Erklärung zu seinen Scheidungsabsichten beinhaltete.

„Sag mal Herbert, willst du wirklich zurück gehen?", fragte Rosa, und das Gekünstelte in ihrer freundlichen Stimme war nicht zu überhören.

„Schon", sagte Herbert. „Warum nicht?"

„Zu diesen Walachen. Würden nur meine Knie nicht so weh tun", mischte sein Vater sich ein.

„Halt endlich deinen Mund", fuhr seine Frau ihn an, „und geh etwas zum Trinken holen." Und zu Herbert: „Oder willst du einen Kaffee?"

„Nein, danke", winkte Herbert ab.

Seine Mutter hatte aber das Stichwort, auf das sie zu warten schien. „Was dein Vater nur immer will mit diesen Walachen? So viele von unseren Jahrmarkter Verwandten haben Frauen aus Rumänien für ihre pflegebedürftigen alten Leute. Und das funktioniert ganz gut, wie man hört. Gut, wir brauchen ja noch niemand. Aber du siehst ja, dein Vater, der ist manchmal schon ganz schön durcheinander."

Herbert wollte seinen Ohren nicht trauen. Nichts haben seine Eltern doch mehr verachtet als diese dreckigen Walachen, wie sie die Rumänen nannten. Und jetzt dieser Sinneswandel. Oder ist es nur Heuchelei? Schon dieser aufgesetzte, gekünstelte, scheißfreundliche Ton in der Stimme seiner Mutter, sekundiert von den Klageeinwürfen seines sich anscheinend auf dem besten Weg in die Demenz befindenden Vaters, ließen Herberts Blut wallen. Er spürte, wie ihm die Zornesröte ins Gesicht stieg. Er stand noch immer aufrecht vor seiner Mutter und hatte zum Glück die eine Hand in der Hosentasche.

So konnte er sie unbemerkt zur Faust ballen. Diese Gleisnerin! Sie hatte ihm, ihrem Sohn, im Schleimen einiges voraus. Aber nein, diesen Wettstreit wollte er gar nicht gewinnen. Die seit Jahren verspürte Lieblosigkeit seines Daseins war nach den aufregenden Tagen im Banat wieder da. Er kämpfte dagegen an und gewann langsam aber sicher seine Ruhe, seine heuchlerische Ruhe, die er sich auferlegt hatte, wieder zurück. Und er hielt es aus. Fast eine dreiviertel Stunde blieb er bei seinen Eltern. Hörte zu, glaubte wenig und log ohne Gewissensbisse, wo er es für notwendig hielt. Dann verabschiedete er sich, nicht ohne ein letztes Klagelied seines Vaters zu vernehmen, und stellte auf der Heimfahrt fest, dass seine Mutter Erika mit keiner Silbe erwähnt hatte. Aber auch er hatte den Namen Ileana kein einziges Mal genannt, obwohl Rosa Sternauer ihre ganze List dazu aufgewandt hatte, ihm den Namen zu entlocken. Das verbuchte Herbert Sternauer als einen Sieg für sich. Sie sollte nie erfahren, dass er das Mädchen von damals, über das sie so gelästert hatte, ohne es zu kennen, wieder gefunden hatte.

## V – 5

Dass am nächsten Tag der Aufsichtsrat von BÖTT-CHERHOLZ tagen wird, stand an diesem heißen Augusttag in der Lokalzeitung. Diese Nachricht hätte es wohl kaum auf die Wirtschaftsseite des Blattes geschafft, wenn nicht seit einigen Tagen Gerüchte über ein Vorstandsmitglied im Umlauf gewesen wären. Ein Übernahmeversuch in Temeswar, jener Stadt im Westen Rumäniens mit einer einst starken deutschen Volksgruppe, sei gescheitert. Und der dafür verantwortliche

Vorstand soll gerade das jüngste und dazu noch aus Ingolstadt stammende Mitglied dieses operativen Gremiums sein. Steht seine Ablösung bevor? Oder war die Sitzung doch schon länger anberaumt, wie Einige zu wissen glaubten? Eher unwahrscheinlich, meinten Andere, befände man sich doch noch in der Urlaubszeit. Christian Sternauer kannte die Wahrheit auch nicht. Aber er befürchtete, dass sie alles andere als erfreuliche Nachrichten für ihn beinhalten könnte.

Christian fuhr vor das Verwaltungsgebäude. Es war ungewöhnlich still an diesem Tag. Einige Limousinen mit fremden Autokennzeichen standen vor der Firma – die Fahrzeuge der Aufsichtsräte. Christian hatte schlecht geschlafen. Und er wusste, wenn er jetzt nicht voll konzentriert bleibt, ist er seinen Job los, eine kaum begonnene Karriere beendet. Es war sowieso merkwürdig, dass neben den Aufsichtsräten auch alle Vorstände zu der Sitzung geladen waren. Das roch stark nach einer schon gefallenen Entscheidung. Als er den Sitzungsraum betrat, waren noch nicht alle Protagonisten vor Ort. Er grüßte mit ruhiger Stimme und setzte sich an seinen gewohnten Platz.

Der Aufsichtsratsvorsitzende und der Vorstandsvorsitzende betraten als Letzte den Raum. Zehn Personen haben an dem ovalen Konferenztisch Platz genommen. Die zwei Vorsitzenden saßen sich gegenüber. Zur Rechten des Vorstandsvorsitzenden saßen seine drei Kollegen, während die Aufsichtsräte, drei Frauen und zwei Männer, ihnen gegenüber Platz genommen hatten. Christian Sternauer hatte die Einladung zu dieser erweiterten Aufsichtsratssitzung schon seit zwei Wochen auf seinem Schreibtisch liegen. Sie beinhaltete zwei Tagesordnungspunkte: 1.) Bau eines neuen Holzdesignzentrums – in Deutschland oder in Ungarn, 2.) Eingliederung der Fa. PROGRESS, Temeswar, Rumänien, in die Aktiengesellschaft BÖTTCHERHOLZ. Irgendwie wurde Christian nicht gescheit aus dieser Einladung. Sie enthielt im zweiten Tagesordnungspunkt weder das Wort „gescheitert", noch war ein weiterer Tagesordnungspunkt zur Ablösung und eventuellen Einberufung eines neuen Vorstandes vorgesehen. Und von einer Eingliederung war sowieso nie die Rede gewesen.

Mehr als eine Stunde lang hörten die Aufsichtsräte sich die Vorstellungen der Vorstände zum angedachten Designzentrum an. Christian Sternauers Vorstandskollegen waren sich einig, dass ein solches Zentrum in Ungarn ein Signal der Innovationsphilosophie des Unternehmens wäre, das besonders in Südosteuropa einen gewissen Kundenstamm ansprechen und zum Kauf der eigenen Produkte anregen könnte. Besonders der Entwicklungsvorstand der Firma BÖTTCHERHOLZ warf seinen ganzen Sachverstand – er hatte es immerhin mit dem Werkstoff Holz vom Lehrling bis zum Vorstand eines weltweit operierenden Unternehmens gebracht – in die Waagschale, um die Aufsichtsräte von der Notwendigkeit dieser Investition, wesentlich kleiner als im Falle eines gleichwertigen Projekts in Deutschland, zu überzeugen. Die waren prinzipiell auch nicht abgeneigt, allein die zwei Gewerkschafterinnen und ihr Kollege im Aufsichtsrat „konnten" - so ihre Formulierung - nicht mitgehen und der Aufsichtsratsvorsitzende scheute einen schweren Konflikt mit den Belegschaftsvertretern. Die Arbeitnehmerseite wollte dieses Holzdesignzentrum auf jeden Fall in Ingolstadt haben. Wegen den zu erwartenden Arbeitsplätzen und, wie der Gewerkschafter sagte, „auch wegen der politisch und rechtlich nicht unbedingt vertrauenswürdigen Situation in dieser Region." Damit meinte er neben Ungarn auch Rumänien.

„Aber dazu kann Herr Sternauer uns bestimmt Näheres erzählen", fuhr der Betriebsratsvorsitzende des Unternehmens in seiner nach Schlusswort klingenden Intervention fort.

„Ja", entgegnete der Chef des Aufsichtsrates, „aber nicht, bevor wir unseren Tagesordnungspunkt ordentlich abschließen. Ich schlage vor, wir denken noch über das Designzentrum nach und stellen das Thema für die nächste Aufsichtsratssitzung zurück."

Er sah sich in der Runde um und konnte keine zerknirschte Mine außer der des Entwicklungsvorstandes erkennen. Also wartete er ein wenig auf eine eventuelle Wortmeldung, und als diese nicht kam, fuhr er fort: „Ich würde die Damen und Herren des Aufsichtsrates trotzdem bitten, über die Verschiebung dieser Entscheidung abzustimmen … Nein, nein, meine Herren Vorstände, bleiben sie ruhig. Wir wollen kein Geheimnis aus dieser Abstimmung machen" … Dann bat er die Aufsichtsratsmitglieder um Handzeichen … „Ja, danke. Ohne Gegenstimme werden wir das Projekt im Herbst wieder auf die Tagesordnung setzen … Und jetzt würde mir eine Pause wirklich gut bekommen."

Christian war in der Pause in sein Büro gegangen. Er schaute auf sein Handy. Kein Anruf aus Temeswar. Schon seit Tagen nicht. Das bereitete ihm Sorgen. Doch die musste er jetzt verdrängen. Seine und bestimmt auch Hermines Zukunft standen auf dem Spiel, die Zukunft seiner baldigen Familie. Merkwürdig war, dass keiner seiner Vorstandskollegen Genaueres von ihm über seinen letzten Aufenthalt in Temeswar wissen wollte. Bisher hatten sie doch immer reges Interesse an dem Projekt gezeigt. Christian ging unruhig in seinem Büro auf und ab. Ihm schwante nichts Gutes. Immer wieder sah er auf die Uhr. Es machte keinen Sinn, sich eine Strategie zurechtzulegen. Er saß zwar noch nie mit diesem Gremium am Tisch, wusste aber, dass er es nicht mit Abnickräten zu tun hatte, sondern mit zum Teil versierten Fragestellern. Aus dieser Zwickmühle gab es kein Entrinnen. Er hatte sich bis jetzt nicht entschlossen, ob er seine persönliche Verwicklung in den Fall PROGRESS hier schildern sollte oder lieber nicht. Wenn die Aufsichtsräte und vielleicht auch seine Vorstandskollegen, mehr wussten, als ihm Recht sein konnte? Man könnte ihn der Lüge bezichtigen. Ein schändlicheres Ausscheiden aus dem Unternehmen, kann man sich ja als Vorstand kaum vorstellen. Seit er aus Rumänien zurück war, gingen ihm immer dieselben Gedanken durch den Kopf. Ohne Resultat. Er kam auf keinen grünen Zweig und musste alles der momentanen Situation überlassen. Es wird schon gut gehen, sagte er sich mit einem letzten Blick auf die Uhr und begab sich zurück in den Sitzungsraum. Oh Schreck! Alle waren schon da, schienen auf ihn zu warten. Ein schlechteres Omen kann es ja wohl kaum geben. Das sah nach einem regelrechten Gerichtsverfahren aus. Nur das hier statt Juristen Wirtschaftsfachleute und Gewerkschafter die Fragen stellen werden.

Christian entschuldigte sich etwas kleinlaut, setzte sich an den Tisch und der Aufsichtsratsvorsitzende kam auch gleich zur Sache: „Herr Sternauer, berichten Sie uns doch bitte von ihren in Rumänien gesammelten Erfahrungen."

Christian begann zögernd, wurde aber von Satz zu Satz sicherer. Er sprach über die schwierigen Verhandlungen mit dem Geschäftsführer von PROGRESS und über dessen mysteriösen Tod. Er erzählte auch von den Zeitungen, die versuchten, eine spannende Kriminalgeschichte daraus zu machen.

„Das war es ja dann wohl auch", unterbrach der Aufsichtsratsvorsitzende ihn mit nicht gerade freundlicher Stimme.

Und der Berichterstatter spürte sofort: Die wissen mehr, als ich gehofft hatte. Bestimmt haben sie schon die Rechtsabteilung des Konzerns eingeschaltet, um eventuellen Schaden von BÖTTCHERHOLZ abzuwenden. Die Stille im Raum war erdrückend und anklagend. Aller Augen waren auf Christian Sternauer gerichtet. Der junge Manager spürte instinktiv, dass nur die Wahrheit, und zwar die ganze, ihn retten kann. Ihn, aber nicht seinen Vorstandsposten; auch das begriff er in dieser Stille und unter diesen Blicken. Dann nahm er tief Luft und spürte plötzlich die innere Ruhe, die von ihm Besitz nahm und wie eine Erlösung von allen bedrückenden Fragen in ihn floss. Er begann von neuem. Und er erzählte diesmal alles. Ohne Umschweife. Bemüht, nichts zu beschönigen, aber auch nichts zu dramatisieren. Mehr als eine halbe Stunde ließen die

Damen und Herren im Raum ihn reden, ohne ihn zu unterbrechen. Besonders sein Schlusssatz schien einen starken Eindruck bei allen Anwesenden hinterlassen zu haben. Christian sagte mit ruhiger, aber auch fester Stimme: „Ich weiß, dass es nicht richtig war, meinen Gefühlen in diesem Auftrag meiner Firma Entfaltungsmöglichkeiten zu geben. Aber es ist Liebe. Und sie beruht auf Gegenseitigkeit. Und sie hat mein Agieren in keinem Augenblick negativ beeinflusst. Mit dem Mord des Geschäftsführers der Firma PROGRESS habe ich nichts, aber auch gar nichts zu tun. Das schwöre ich, ohne allerdings zurzeit zu wissen, wie ich meine Unschuld beweisen könnte, sollte es überhaupt zu einer Anklage in Rumänien kommen. Ich bin mir der Situation voll bewusst und werde alles Menschenmögliche tun, um BÖTTCHERHOLZ vor eventuellem Schaden zu bewahren. Ich bitte sie, mir das zu glauben."

# VI. Kapitel

## 1

Der Mond spiegelte sich im lautlos dahinfließenden Bega-Kanal. Spätsommer, wie er schöner nicht sein könnte. Die Stadt kam langsam zur Ruhe. Nur wenige Menschen waren noch im Park hinter der Kathedrale der Heiligen drei Hierarchen unterwegs. Ein lauer Windhauch, von dem man nicht sagen konnte, wo er überhaupt herkam, spielte in den Baumkronen und veranlasste schon das ein oder andere Blatt, sachte auf den Rasen zu segeln.

„Du weißt, dass ich das nicht kann", sagte sie, ohne seine Hand von ihrem Oberschenkel wegzuschieben.
„Warum nicht?", fragte er und streichelte ihr sachte übers Haar.
„Weil ich ihm versprochen habe, ihn zu heiraten."
„Ach komm, ich weiß, dass du ihn nicht liebst."
„Doch, ich liebe ihn."
„Das war nur ein heißer Flirt."
„Wie kannst du das sagen?", fragte sie ohne vernehmbaren Nachdruck oder gar ein Aufbegehren gegen diesen impertinenten Ton in seiner Stimme.
„Hermine, schau mich an, bitte. Du weißt, dass ich dich liebe ... Und du weißt auch, dass du mich liebst. Bitte gestehe es dir endlich ein. Ich habe nichts gegen diesen deutschen Manager. Der Mann sieht gut aus ... Aber er ist nicht dein Typ."

Matei Izvor war bemüht, ja nichts Schlechtes über seinen Widersacher zu sagen. Einerseits entsprach Bosheit nicht seinem Charakter und andererseits wollte er Hermine nicht wehtun. Der hochaufgeschossene Jüngling mit breiten Schultern, hellbraunem Haar und blauen, lebhaften Augen studierte seit vier Jahren Rumänisch und Italienisch an der West-Universität Temeswar. Er stammte aus der Nähe von Ploieşti und erzählte seinen Kommilitonen gerne, dass einer seiner Ururgroßväter ein Glasbläser aus Böhmen war und den deutschen Namen Quelle trug. Jetzt versuchte er mit allen seinen rhetorischen Fähigkeiten, und die waren nicht gering, das Mädchen an seiner Seite von seinen Gefühlen für sie zu überzeugen. Er und Hermine waren sich schon einmal ziemlich nahe, zumindest nahe genug, um sich glückselig der Hoffnung hinzugeben, dass sie beide einen gemeinsamen Lebensweg vor sich haben könnten. Dann war der Sommer gekommen und mit ihm dieser deutsche Manager. Matei litt unter der schleichenden Entfremdung Hermines. Er fühlte sich plötzlich wieder allein, verlassen, fremd und sehr einsam in dieser Stadt, wie damals im ersten Semester, als er hier sein Studium begonnen hatte. Und jetzt begann er dieses Studium zu vernachlässigen, wo er doch so kurz vor dem Master-Abschluss stand – in Rekordzeit –, und er fing an, sich die Abende und Nächte in Vorortspelunken um die Ohren zu schlagen, wo es manchmal nur so von zwielichtigen Gestalten wimmelte. Schmerzhafter Liebeskummer begleitete ihn auf Schritt und Tritt. Es gab kaum einen Tag, an dem er nicht die Nähe seines geliebten Wesens zu suchen versuchte. Sogar die Sommerferien hatte er in der Stadt an der Bega mit einem Minijob verbracht, statt nach Hause, in das romantische Bergdorf im Flusstal der Prahova zu fahren. Er wollte ihr nahe sein, obwohl sie sich längst von ihm abgewendet hatte, still und leise, ohne Vorwürfe, aber entschieden. Oder war sie doch nicht entschlossen genug? Jetzt saß sie da neben ihm, auf der Parkbank, unter dem sich in der leise raunend vorbeiziehenden Bega spiegelnden Mond. Und sie drehte ihm ihr Gesicht mit den leicht geröteten Wangen zu. Er spürte das Zittern in ihrem Körper, und er wusste in diesem Augenblick, es ist noch nicht alles verloren.

„Komm, gehen wir", sagte Matei, „meine Zimmerkollegen sind noch in den Ferien. Ich habe das Zimmer für mich ganz allein."
„Nein", entgegnete Hermine. Ihre Stimme klang so, als ob sie gerade einen festen Entschluss gefasst hätte. „Wir gehen zu mir."

Nur eine Stunde später spielte er mit den zu Stein gewordenen Warzen ihrer Brüste. Das Licht der Straßenlaternen verlieh diesem Liebesspiel den romantischen Schein einer sich drehenden Glücksspirale. Zwei Körper wälzten sich in steigendem Begehren auf dem Bett in Hermines Schlafzimmer. Sie spürte plötzlich stärker als je zuvor, dass sie dieses männliche Wesen neben ihr, über ihr, unter ihr und letztendlich in ihr ohne jedwede Hemmung lieben konnte. Und sie tat es mit voller Hingabe, ja, das war nicht nur die lustvolle Öffnung des eigenen Körpers, ein fleischliches Verlangen, sondern vielmehr ein rasendes Glücksgefühl, das auch nicht aufhören wollte, nachdem der Augenblick des Vollbrachten sich längst verflüchtigt hatte. Matei empfand diese Glücksmomente mit ähnlicher oder gleicher Intensität. Es lag eine von beiden gespürte Ehrlichkeit in diesem Akt der körperlichen und gefühlsbetonten Vereinigung.

Und sie brauchten diese Ehrlichkeit jetzt, nach dem verflogenen körperlichen Liebesrausch, nötiger denn je, und Hermine mehr, viel mehr als Matei. Körper und Gefühl können den Geist nicht endgültig verdrängen, der Verstand meldet sich spätestens zurück, wenn die Leidenschaft langsam abzukühlen beginnt. Das wussten die zwei jungen Menschen auch, sie waren ja keine Kinder mehr. Und diese Erkenntnis führte letztendlich auch dazu, dass sie nicht erschöpft vom Sex in einen tiefen Schlaf fielen, sondern, nach einer Dusche, Zukunftspläne entwarfen. Wechsel, freiwillige und unfreiwillige, gehören zum Wesen des Menschseins. Hermine und Matei führten einen solchen herbei.

Auch Christian sollte von diesem Wechsel, aber nicht nur von ihm, betroffen sein. Es gab nämlich in der gleichen Woche auch einen Wechsel in der Führung des Konzerns BÖTTCHERHOLZ. Der Vorstand für Vertrieb und Marketing, Christian Sternauer, wurde seines Amtes enthoben und seine Aufgaben im Konzern interimistisch vom Vorstandsvorsitzenden übernommen. Diese Nachricht war der Lokalzeitung eigentlich nur eine Zeile in der Wirtschaftsrubrik Personalien wert. Wer mehr dazu wissen wollte, musste schon zur *WIRTSCHAFTSZEITUNG* oder dem *MANAGER MAGAZIN* greifen. Oder am besten gleich zu Printprodukten aus Rumänien. Dort war nämlich nachzulesen, dass Christian Sternauer von der Staatsanwaltschaft Temeswar des Mordes an dem Inhaber der Firma PROGRESS angeklagt wurde. Das Ganze laufe auf einen spannenden Mordprozess hinaus, da es weder

klare Beweise noch glaubhafte Zeugen für die Anklageseite gäbe. Die Familienangehörigen des ermordeten
Vasile Roman würden sogar auf eine Nebenklage ver-
zichten, was angeblich zu einigen Irritationen in der
Temeswarer Stadtgesellschaft geführt habe.

## VI – 2

Das Städtchen mit seinen 10.000 Einwohnern lag
umsäumt von Hügelketten und blickte auf eine traum-
hafte Fjordlandschaft. Und es hatte eine kleine aber
feine Möbelfabrik, die seit einigen Jahren zum
deutschen Konzern BÖTTCHERHOLZ gehörte. Seit
Jahresbeginn, man schrieb anno domini 2014, leitete
der Deutsche Christian Sternauer diese Konzernfiliale
im hohen Norden. Christian hatte sich auf den ersten
Blick in dieses Land verliebt: Norwegen. Er ging oft
am kleinen Hafen spazieren, beobachtete die Fischer-
boote beim Aus- und Einlaufen oder saß in einer
Kaffeebar und schaute den Touristen beim Bummeln
und Souvenirkaufen zu.

Auch heute, an einem sonnigen Frühlingstag. Er war
etwas früher aus dem Büro gekommen. Das konnte er
sich als Werksleiter schon ab und zu erlauben, denn die
Firma, er empfand sie schon als seine Firma, lief gut,
fast von allein, sagte er sich oft. Zu Hause hatte er
einen Brief im Postkasten vorgefunden, von Hermine.
Endlich! An Weihnachten, er war daheim in Ingolstadt,
hatten sie telefoniert, lange, aber auch diesmal folgen-
los. Er solle nicht kommen, es wäre zu gefährlich. Man
könnte ihn verhaften. Das empfände sie als totale
Katastrophe. Jetzt lag der Brief vor ihm auf dem klei-

nen, runden Tisch in der Kaffeebar am Fjord. Er hatte das Kuvert zu Hause aufgeschnitten, den Brief selber wollte er aber im Café lesen, ihn genießen, denn endlich hatte sie sich Zeit zum Schreiben genommen. Er liebte ihre Handschrift, würde sie unter Tausenden sofort erkennen. Jetzt lag er neben der Kaffeetasse und warteten darauf, gelesen zu werden. Christian aber ließ sich Zeit. Er wollte ihn herausnehmen, langsam auseinanderfalten und Wort für Wort, Zeile für Zeile mit den Augen verschlingen. Und das tat er dann auch.

*Mein Liebster!*
*Du weißt, wie sehr ich dich liebe. Die mit dir verbrachte Zeit gehört zu der schönsten meines Lebens. Sie muss aber leider Erinnerung bleiben. Ich schaffe es nicht mehr, dir gegenüber unehrlich zu sein. Es gab schon vor unserer Bekanntschaft ein Verhältnis mit einem anderen Mann, das ich dir verschwiegen habe. Er ist ein Studienkollege, der in diesem Frühjahr sein Studium in Temeswar beenden und in sein Dorf in den Karpaten zurückkehren wird ... Und ich werde mit ihm gehen.*
*Lieber Christian!*
*Es ist absurd, von dir zu erwarten, dass du das verstehst. Auch mein (hoffentlich) zukünftiger Lebenspartner konnte meine Beziehung zu dir nicht verstehen. Jetzt musste ich mich entscheiden. Die Weihnachtszeit war für mich der reinste Horror. Ich habe mich nicht gegen dich, aber für meinen langjährigen Freund entschieden. Ja – so schmerzlich das für dich auch sein mag –, ich liebe ihn.*
*Lieber Christian!*
*Nimm mir dieses „lieber" in diesem Brief bitte nicht*

*übel. Es ist genauso ehrlich wie das ganze Schreiben. Du wirst auf Lebzeiten Teil meiner Erinnerung bleiben. Und sollten wir uns vielleicht noch einmal im Leben begegnen, so hoffe ich auf die beiderseitige Erkenntnis, dass unsere letztendlich an mir gescheiterte Liebe zu einer dauerhaften Freundschaft reifen konnte. Deine dich nie vergessende Hermine.*

## VI – 3

Das hat es noch nie gegeben, tuschelten die Leute bei der Beerdigung. Der Sohn ist nicht zum Begräbnis gekommen. Rosa Sternauer hätte angeblich noch am letzten Tag ihres Erdenlebens nach ihm gefragt. Sie muss aber gefühlt haben, dass er nicht einmal zu ihrer Beisetzung kommen werde. Sonst hätte sie ihrem Enkel, dem Christian, nicht noch vor einer Woche gesagt, sie würde ihrem Sohn, also seinem Vater, verzeihen. Möge er mit seiner Walachin, und das hätte sehr gehässig geklungen, glücklich werden. Auch Paul Sternauer war angeblich bei diesem Besuch Christians am Krankenbett seiner Oma dabei gewesen. Und er hätte geschimpft wie ein Rohrspatz über seinen total missratenen Sohn. So erzählten die Leute im Flüsterton. Was davon wahr ist, weiß bis heute kein Mensch. Christian hat sich auf jeden Fall nie dazu geäußert.

Der Beisetzung auf dem Friedhof war ein Trauergottesdienst in der Kirche des Stadtteils, in dem die Verstorbene gelebt hat, seit sie in Deutschland war, vorausgegangen. Der Pfarrer kannte die Verhältnisse in dieser Familie. Schließlich und endlich war die Schwiegertochter der Verstorbenen doch eine seiner treuesten

Kundinnen. Aber er erwähnte sie nicht einmal beiläufig, sondern sprach in seiner Predigt vom schweren Schicksal der Banater Schwaben, einem deutschen Volksstamm in Rumänien, der in den letzten Jahren seine Heimat aufgegeben hat, um in das Land seiner Wurzeln, genau so hat er es gesagt, zurückzukehren. Auch diese Geschichte war dem Priester bekannt, hörte er sie doch seit Jahren immer wieder, wenn ein Mitglied dieser Gemeinschaft verstorben war. Christian lauschte aufmerksam den Worten des Geistlichen, wobei er seine Gedanken zumindest für ein paar Minuten in andere Bahnen, weg von Hermines Abschiedsbrief, lenken konnte.

Es waren immerhin um die 50 Leute zum Begräbnis gekommen. Christian kannte fast niemand außer den Familienangehörigen. Die anderen Trauergäste waren Landsleute oder Verwandte von Oma Rosa. Einige waren auch aus anderen Bundesländern angereist. Schon wegen ihnen hatte Erika drauf bestanden, dass es nach der Beerdigung einen Totenschmaus in einem Á-la-carte-Restaurant gibt. Sie, Christians Mutter und immerhin noch die Schwiegertochter der Dahingegangenen, war es auch, die sich intensiv um die angereisten und die aus der Stadt gekommenen Trauergäste kümmerte. Es ist ihr auch gelungen, ca. 30 Personen in das nahe am Friedhof gelegene Restaurant zu steuern. Und das alles, obwohl Herberts Schwester, also die Tochter der Toten, auch da war. Gegen den Glaubenseifer ihrer Schwägerin hatte die aber keine Chance. Erika benahm sich den ganzen Tag über, als wäre nichts geschehen, als hätte niemand von den Trauergästen etwas von ihrer gescheiterten Ehe erfahren. Christian betrachtete seine

Mutter die ganze Zeit. Diese Heuchelei war ihm ein Grauen. Mit weniger Aufdringlichkeit würde es doch auch gehen, dachte er sich. Aber überrascht war er nicht. So war, so ist und so wird seine Mutter wohl auf Lebzeiten bleiben.

Nach etwa drei Stunden, die letzten auswärtigen Trauergäste – von den hier ansässig gewordenen Landsleuten waren nur wenige mit ins Restaurant gekommen, sie waren nach dem Begräbnis nach Hause gegangen, wie es seit jeher in Jahrmarkt, wo man den Totenschmaus bei den Deutschen nicht kannte, guter Brauch war – fuhren schon auf den Autobahnen der Republik heimwärts, saßen Christian und seine Mutter sich in Erikas Wohnung gegenüber. Die Mutter war in den zurückliegenden Monaten stark gealtert und der Sohn war gereift, mit Geheimratsecken und vereinzelten grauen Haaren. Zu viel war passiert, das sie nicht beeinflussen konnten.

„Willst du noch einen Kaffee?", fragte Erika ihren Sohn.
„Nein, danke, ich habe schon zwei Tassen im Restaurant getrunken", antwortete Christian.
„Es war ja doch ein schönes Begräbnis", sagte Erika, nachdem beide am Tisch in der Küche Platz genommen hatten.
„So etwas gibt es nicht, schöne Begräbnisse", erwiderte ihr Sohn.

Dann geriet das kaum begonnene Gespräch auch schon ins Stocken. Beide saßen da, suchten nach Worten und fanden keine. Ein nie von wirklicher Mutter-Sohn-

Liebe geprägtes Leben konnte eigentlich nur im Schweigen seinen entsprechenden Niederschlag finden. Dabei gab es so viel zu besprechen, nicht nur Organisatorisches, sondern viel wichtiger auch Gefühltes. Die Erlebniswelten von Mutter und Sohn drifteten in diesem gegenseitigen Anschweigen noch weiter auseinander. Während Erika eine aureolenhafte Glückseligkeit ausstrahlte, sie hielt die Hände wie zum Gebet gefaltet, hatte Christian Mühe, seine Abneigung ihrem Verhalten gegenüber zu verbergen. Wo er eigentlich erwartet hatte, dass sie sich über seinen ihr untreu gewordenen Vater auslassen würde, begann sie in einem nicht zu bremsenden Redeschwall von den Trauergästen, die gekommen waren und die normal auch noch hätten kommen sollen oder gar müssen, zu reden. Christian lauschte ihren Worten, ohne ihrem Inhalt richtig folgen zu können. Er hatte zwar nicht erwartet, dass er sein übervolles Herz bei seiner Mutter ausschütten oder zumindest erleichtern könnte, aber wenigstens ein paar Worte über seine Probleme hätten ihm gut getan. Das war bei Erika nicht möglich. Die redete und redete ununterbrochen von ihren Verwandten, die in der Mehrheit gar nicht ihre waren, da sie fast alle von Rosa-Omas Seite stammten. Als ihr endlich der Verwandtschaftsstoff ausging und wieder eine längere Schweigephase folgte, versuchte Christian, das Gespräch in andere Bahnen zu lenken.

„Wirst du diese Wohnung hier behalten?", fragte er.
„Warum sollte ich nicht? Die ist doch gut. Sie ist mein Zuhause. Wo soll ich denn hin?"
„Ich meinte nur wegen der Miete."
„Ich habe zwar meinen Mann verloren, aber nicht mei-

nen Arbeitsplatz. Ich komme schon über die Runden.
Und dein Vater wird auch nicht ganz ohne davonkom-
men, hat der Anwalt mir gesagt."
„Du warst schon beim Anwalt?"
„Ja, ich muss doch Bescheid wissen, was da auf mich
zukommt."
„Aber Vater hat doch noch gar keine Scheidung einge-
reicht."
„Das wird er schon tun. Zu mir brauch er auf jeden Fall
nicht mehr kommen."

Christian war jetzt überrascht über die Sicherheit in der
Stimme seiner Mutter. Ihm wurde mit jedem ihrer Sätze
klarer, wie erleichtert sie eigentlich über diese Trennung ihres Mannes von ihr ist. Und auch ihre folgenden
Fragen zu Christians Situation gaben ihm das Gefühl,
dass sie das Projekt Familie bereits abgeschlossen hatte.
Dass Christian eine Klage wegen Mord ins Haus stehen
könnte und seine gesamte Gefühlswelt in den letzten
Monaten in, gelinde gesagt, ein Chaos gestürzt ist,
schien sie nur am Rande zu interessieren. Sie erzählte
ihm, dass sie ihre Ganztagsarbeit in einem mittelständi-
schen Betrieb in Teilzeit umwandeln und eine Stelle als
Kirchenpflegerin in der Benedikt-Kirche antreten will.
Der Pfarrer hat ihr Hoffnung gemacht, da diese Stelle
bald frei wird. Sie solle sich schon mal bewerben und
wenn die Frau in Rente geht, könnte sie den Posten
vielleicht bekommen.

„Ein Leben für die Kirche", spöttelte Christian.
„Ja, warum nicht? Gott zu dienen, kann doch nicht ver-
kehrt sein", entgegnete Erika, ohne den Spott in der
Stimme ihres Sohnes wahrnehmen zu wollen.

„Ich wünsch dir Glück dabei", sagte er und suchte nach einem Ende des dann doch etwas flüssiger gewordenen Gesprächs. „Ich muss übermorgen wieder zurück in meine Firma."

„Nach Rumänien, zu deiner Freundin und deinem Vater?"

„Nein, nach Norwegen."

„Ach ja, das hast du mir ja schon gesagt. Ich werde langsam vergesslich. Vielleicht war das alles ein bisschen zu viel für meine Nerven."

„Tja, Mama, das geht uns anscheinend allen nicht viel besser. Aber irgendwie gewöhnen wir uns an neue Situationen", philosophierte Christian, sich zum Gehen anschickend.

„Willst du schon gehen?"

„Ja, ich muss noch meinen Koffer packen. Der Flieger geht zwar erst übermorgen früh, aber ich muss morgen noch in die Firmenzentrale und dort weiß man nie, wie lange ein Tag dauert."

„Mach's gut Christian. Und pass auf dich auf, damit du nicht wie dein Vater auf schiefe Bahnen gerätst."

Christian lächelte, reichte Erika die Hand, ohne das es beiderseits einen Umarmungsversuch gab, und wendete sich der Tür zu. Die Wohnung, in der er seine Kindheit verbracht hatte, lag im dritten Stock, hoch genug für den nach seinem Gefühl verlorenen Sohn, um tief durchzuatmen und irgendwie entspannt ins Freie zu treten.

## VI – 4

Christian hatte einen Termin beim Vorstandsvorsitzen-

131

den von BÖTTCHERHOLZ. Das kollegiale Verhältnis zu seinen ehemaligen Vorstandskollegen war auch nach den Vorfällen in Temeswar nicht abgekühlt. Mehr noch, sein Vorstandsressort war immer noch nicht neu besetzt. Es lag ihm zwar fern, das als ein Warten auf seine Entlastung im Fall Temeswar, wie man das immer noch nicht aufgegebene Projekt PROGRESS in den Fluren der Ingolstädter Konzernzentrale nannte, zu deuten, aber es tat ihm gut, eine gewisse Anteilnahme an seinem eigentlich gescheiterten Einsatz im Banat zu spüren. Dementsprechend freundlich war auch der Empfang beim Chef. Dr. Detel sprach Christian sein Beileid zum Tode seiner Großmutter aus und bat ihn, Platz zu nehmen. Dann kam er gleich zur Sache.

„Herr Sternauer", sagte er, „ich weiß, wie sehr Sie der Fall Temeswar belastet. Ich wusste ja, dass Sie heute vorbeischauen werden. Darum habe ich Ihnen diesen Brief nicht schon vor einigen Tagen nach Norwegen weitergeschickt, also ein Kopie davon, versteht sich. Vielleicht hätte ich Sie auch angerufen. Die Geschichte hat jetzt doch noch für einigen diplomatischen Wirbel gesorgt, ohne aber zu den befürchteten Unstimmigkeiten auf höchster politischer Ebene zu führen."
„Ich werde mich natürlich einem eventuellen Verfahren stellen … Und auch alles Mögliche tun, um auch nur den geringsten Schaden von BÖTTCHERHOLZ fernzuhalten … Falls …"
„Mein lieber Herr Sternauer, lesen Sie jetzt mal in Ruhe dieses Schreiben, bevor Sie weiterreden", sagte Dr. Detel.

Christian las den von der deutschen Botschaft in Bukarest an BÖTTCHERHOLZ geschickten Brief. Es ging um das Projekt PROGRESS. Ein Prozess in Temeswar stand bevor. Die Botschaft sicherte dem Ingolstädter Unternehmen juristischen Beistand im Rahmen der von internationalen Abkommen garantierten Möglichkeiten zu. Die rumänische Staatsanwaltschaft hat Anklage gegen den deutschen Manager Christian Sternauer erhoben und die Justiz hat für die Verteidigung volle Einsicht in die Akten zugesagt. Jetzt spürte Christian doch, wie ihm das Blut langsam zu Kopfe stieg. Und der erfahrene Konzernlenker auf der Gegenseite des wuchtigen Mahagonitisches hat das nicht nur erwartet sondern auch sofort erkannt. Er begann mit sachter Stimme zu sprechen.

„Wir haben eine Anwaltskanzlei mit dem Fall beauftragt, die sowohl auf Fälle von Wirtschaftskriminalität als auch auf Mordfälle spezialisiert ist. Die Kanzlei hat auch ein Büro in Temeswar und man wird Sie in den nächsten Monaten öfter in Norwegen kontaktieren. Wir haben schon Ihren Kollegen, den stellvertretenden Werkleiter, mit ein paar Befugnissen mehr ausgestattet, damit Sie den Kopf frei für diesen Prozess haben. Und um Ihren Job machen Sie sich erstmals keine Sorgen. Es ist alles auch mit dem Aufsichtsrat abgesprochen."
„Warum tun Sie das für mich?", zeigte Christian sich wirklich gerührt.
„Weil wir von Ihren guten Absichten und vor allem von Ihrer Unschuld überzeugt sind", erwiderte Dr. Detel und ging zu eher geschäftlichen Alltagsproblemen über, die natürlich vor allem das aus jeder Sicht prosperierende Werk in Haugesund betraf.

## VI - 5

Kurz vor Mittag des nächsten Tages betrat Christian das Vorzimmer seines Büros und hatte den Eindruck, dass Merle, seine Sekretärin, sie war erst ein Jahr vor ihm ins Haus gekommen, sprach fließend mehrere Sprachen und war im gleichen Jahr wie er geboren, sich spontan bei seinem Anblick freute, sich aber schnell wieder im Griff hatte. Sie sprachen kurz über wichtige Post der letzten Tage, und das Tagesgeschäft nahm den Werkleiter sofort voll in Anspruch, was ihm natürlich sehr gelegen kam, lenkte es doch von den persönlichen Problemen ab.

Und so sollte es auch die nächsten sechs Monate bleiben. Seine Arbeitstage waren von Terminen vor Ort, Gesprächen mit der Konzernzentrale in Ingolstadt und der Anwaltskanzlei in Temeswar geprägt. Und in seinem Lieblingscafé am Hafen sah man ihn einige Male in weiblicher Gesellschaft. Mitarbeiter der Holzfirma mit dem schlichten Namen TRE wussten natürlich Bescheid. Weil Christian und Merle aus ihrer betrieblichen und freundschaftlichen Beziehung kein Geheimnis machten, führte ihr Verhalten auch zu keinen Gerüchten. Es war halt so, und das wurde schon darum ohne großes Drumherum akzeptiert, weil Christian sich in seiner bisherigen Amtszeit bei der Belegschaft sehr beliebt gemacht hatte. In einer kleinen Stadt an der Karmsund-Meerstraße nimmt so etwas dann schnell eine gesellschaftliche Dimension an. In diesem Fall war es eine erfreuliche.

Im Juni kam dann der von Christian herbeigesehnte und

gleichzeitig befürchtete Brief vom Temeswarer Tribunal. Herr Christian Sternauer wird von der Staatsanwaltschaft des Mordes an dem Geschäftsführer der Temeswarer Firma PROGRESS beschuldigt. Der Prozess soll in der zweiten Augusthälfte beginnen. 30 Verhandlungstage verteilt auf vier Monate sind vorgesehen. Sollte er sich nicht freiwillig beim Prozess einfinden, werde bei den zuständigen Behörden in Deutschland die Verhaftung und Anklage des Beschuldigten beantragt.

Die Sonne spiegelte sich in den Wellen des Fjords und draußen auf dem Meer sah man große Urlaubsdampfer, die in Richtung Norden unterwegs waren. Über dem Hafen lag eine sehr wohltuende Ruhe und Merles Hand ruhte auf Christians Hand. Der Kaffee in ihren Tassen war noch heiß. Heiß war auch ein Gefühl, das beide seit Monaten mit sich herumtrugen. Und beide wussten, dass alles anders zwischen ihnen wäre, wenn dieser verdammte Prozess …

„Fahr bitte nicht", sagte Merle leise, so als wolle sie die Hafenruhe und das Rauschen der Wellen nicht stören.

„Ich muss. Es geht nicht nur um mich. Die Reputation unseres, auch deines, Unternehmens steht hier auf dem Spiel", versuchte Christian seine Reise nach Temeswar zu rechtfertigen.

„Sie werden dich verurteilen und einsperren."

„Dafür müssen sie erst beweisen, dass ich einen Mord begangen habe. Aber das habe ich nicht getan."

„Sie können Zeugen gegen dich aussagen lassen, die dich belasten."

„Die zwei besten Anwälte einer renommierten Anwaltskanzlei aus München werden mich verteidigen. Die Deutsche Botschaft wird einen Beobachter zum Prozess entsenden. Rumänien ist längst ein Rechtsstaat. Meine Anwälte klingen sehr zuversichtlich. Nicht hinzugehen, käme einem Eingeständnis gleich."

Die Nacht nach diesem Gespräch verbrachten die zwei jungen Leute gemeinsam in Christians Wohnung. Ja, Merle liebte ihn. Dieses Gefühl hatte sich in ihr zuerst zögernd, aber dann immer heftiger aufgebaut. Nur hatte sie sich nie getraut, es ihm zu zeigen. Und wäre ihm ihre kurz, fast nur einen Augenblick lang außer Kontrolle geratene Zuneigung nicht aufgefallen, damals, nach seiner Rückkehr aus Ingolstadt, hätte er seine schon länger gehegte Sympathie für diese hübsche, freundliche und sehr zuverlässige Sekretärin im Vorzimmer seines Büros vielleicht nie hinterfragt. Und die Zeit tat ein Übriges. Je weiter Hermine ins Reich der Erinnerungen mit allen ihren guten und schlechten Verklärungen rückte, desto präsenter wurde Merle in seinem Leben. Beide spürten die Ehrlichkeit ihrer gegenseitigen Zuneigung und hatten schon bald keine Geheimnisse mehr voreinander. Christian tat besonders Merles Verständnis für seine Beziehung zu Hermine gut. Andererseits spürte er die Zwiespältigkeit seiner Empfindungen. Merles Eintritt in sein Leben gab ihm Kraft für den bevorstehenden Prozess, andererseits spürte er aber auch ihre Sorge um ihn. Und er wusste, dass diese Sorge mehrere Namen hatte, unter anderem auch: Hermine.

Am nächsten Tag bestieg Christian ein Charterflugzeug, das den kleinen Flughafen in Manching anflog. Von dort hatte er nur einige Kilometer bis nach Hause. Am Flughafen wartete schon ein Taxi, das er in Norwegen bestellt hatte, auf ihn. Den Weg nach Temeswar wollte er in seinem Auto bewältigen. Der A4 stand aber schon seit Monaten unbenutzt in der Tiefgarage. Darum fuhr er ihn am nächsten Tag in eine Vertragswerkstatt, mit der Bitte, ihn auf Herz und Nieren zu prüfen. Das verschaffte ihm noch Luft, bei seiner Mutter vorbeizuschauen. Erika war über sein Kommen sehr erfreut. Sie wirkte viel gelöster als sonst, was wahrscheinlich auch damit zusammenhing, dass sie nur noch in Teilzeit arbeitete und auch den Job in der Kirche bekommen hatte. Momentan bewältige sie beide Aufgaben gut, erzählte sie ihm, und falls es zu viel werden sollte, könnte man ihren Halbtagsjob in der Kirche auch in eine Vollzeittätigkeit umwandeln, habe man ihr versprochen. Auf jeden Fall komme sie jetzt, und eventuell auch nur mit dem Kirchenjob allein, gut über die Runde.

Einen Tag später fuhr ein Audi A4 auf der Autobahn in Ungarn gen Osten. Christian Sternauer, ein des Mordes bezichtigter deutscher Manager aus der Holzindustrie, war auf dem Weg nach Temeswar zu seinem Prozess. Frei und ungezwungen. Und sich seiner Unschuld bewusst.

# VII. Kapitel

## 1

Noch nie hätte ein Strafverfahren in Temeswar ein solches Medienecho und Publikumsinteresse hervorgerufen als bei diesem Prozess gegen einen ausländischen Manager, nicht einmal damals, 1990, als die Schergen des Diktators in Temeswar vor Gericht standen, behaupteten die interessierten Bürger der mittleren und älteren Jahrgänge in der Stadt. Auch überregionale Zeitungen und Fernsehanstalten hatten ihre Reporter geschickt.

Der angeklagte Christian Sternauer war seit drei Tagen in der Stadt. Er hatte sich im Hotel Timişoara an bester Adresse einquartiert. Die Münchner Anwaltskanzlei hatte im gleichen Haus ein Büro eingerichtet, in dem neben den zwei Strafverteidigern auch zwei Anwaltsgehilfinnen, eine aus Deutschland und die andere aus dem Temeswarer Büro der Kanzlei, arbeiteten. Von den zwei Anwälten war einer ein Banater Schwabe, der noch in Temeswar sein Abitur an einem rumänischen Gymnasium gemacht hatte und nicht nur sehr gut Rumänisch sprach, sondern auch im rumänischen Strafrecht sattelfest war. Die Anwälte und ihre Bürokraft wohnten auf dem gleichen Stockwerk mit Christian. Beim Prozess wird auch ein Kollege aus dem Temeswarer Büro auf der Verteidigerbank Platz nehmen. Er war spezialisiert in Wirtschaftsrecht und genoss in Juristenkreisen einen hervorragenden Ruf.

Die sehr motiviert und selbstsicher auftretenden Staats-

anwälte, drei Herren und eine Dame, ließen schon am
ersten Prozesstag die Bombe platzen. Nach Vorlesung
der Anklageschrift durch den Richter, ein ergrauter
Mittfünfziger mit wohlklingender und keineswegs ein-
schüchternder Stimme, legte einer der Staatsanwälte
ihre Strafmaßforderung auf den Tisch: lebenslänglich.
Christian sackte auf seinem Stuhl zusammen. Seine
Verteidiger blieben hingegen sehr gelassen. Sie zeigten
kaum eine Regung und im Gesicht des einen konnte
man eher ein unterdrücktes Lächeln als einen Ausdruck
von Sorge erkennen. Fünf Stunden ohne Pause dauerte
der erste Verhandlungstag, an dem von Verhandlung
aber noch keine Rede sein konnte. Er gipfelte in der
Forderung der Staatsanwaltschaft, den Angeklagten
noch im Gerichtssaal zu verhaften. Die Verteidigung
lehnte dieses Ansinnen mit dem Hinweis auf die Un-
schuldsvermutung auch gegenüber einem ausländischen
Staatsbürger ab. Eine Verdächtigung könne keine Begründung für eine Einkerkerung sein. Und dass der
Angeklagte sich der rumänischen Justiz nicht entziehen
will, habe er doch schon durch sein Kommen und seine
hier bereits kurz vorgetragene Stellungnahme zu der
Anklage unter Beweis gestellt. Der Richter hat daraufhin den Antrag der Staatsanwaltschaft zurückgewiesen.
Es war 13 Uhr, als Christian das wuchtige Gerichtsgebäude am Brătianu-Platz verließ. Vor einem der sechs
mächtigen Tore des größten Gebäudes der Stadt aus der
zweiten Hälfte des 19. Jahrhunderts standen Herbert
und Ileana. Auch sie hatten die letzten Stunden auf den
Zuschauerbänken des Gerichtssaals verbracht. Und sie
wussten, dass Christian jetzt mehr denn je ihre Unter-
stützung brauchte. Eine halbe Stunde später saßen alle
drei im Wohnzimmer Ileanas in Neussentesch. Christi-

an musste lächeln, als Herbert drauf bestand, im schattigen Zimmer zu bleiben und sich nicht auf die Terrasse zu sitzen. Es könnte ja jemand mithören, vielleicht aus dem Gebüsch oder aus dem Nachbarhaus oder …

Ileana machte das vorgekochte Mittagessen fertig und Herbert nahm Getränke aus dem Kühlschrank. Christian beobachtete seinen Vater aus den Augenwinkeln und wunderte sich ein wenig, wie selbstsicher der sich schon in dem Haus bewegte. Von dem ehemaligen Hausherrn Traian Roman war kaum noch etwas übriggeblieben. Nur ein Familienbild, Eltern und zwei kleine Kinder, hing über dem Sofa. Christian betrachtete das Bild und fühlte einen Anflug von plötzlicher Schwermut. Wieviel Schuld habe ich wohl daran, dass nur dieses Bild von einer intakten Familie übrig geblieben ist?, fragte er sich und war froh, dass sein Vater ihn ablenkte, als er mit einer Flasche und drei Gläsern an den Wohnzimmertisch zurückkehrte. Ileana hatte das Essen im Ofen und gesellte sich auch zu den zwei Männern. Es gab so viel zu erzählen und trotzdem hatte bei einem Glas Cognac nur Belangloses eine Chance, denn die drei Menschen wussten, dass man lieber nach dem Essen über alles Vorgefallene der letzten Monate reden sollte. Und ohne Absprache hielten sich alle drei an diese nicht ausgesprochene Vorgabe.

Nachdem Ileana den Tisch in der Essecke leergeräumt und das Geschirr in den Geschirrspüler gestellt hatte, saßen alle drei wieder am Wohnzimmertisch. Die Glastür zur Terrasse stand offen. Der Nachmittag war schön. Mit wolkenlosem Himmel. Noch war Sommer. Ab und zu flog ein Vogel durch den Garten. Spatzen zankten sich im grünen Gestrüppzaun zum Nachbargrundstück. Herbert hatte Flasche und Weingläser vom Ess- zum Wohnzimmertisch mitgenommen.

„Oder willst du ein Bier?", fragte er seinen Sohn.
„Nein, danke", sagte Christian.

Vater und Sohn saßen an den Sofarändern und Ileana hatte auf dem Ledersessel Platz genommen. Die Krautwickeln der Hausfrau mundeten so gut, dass eigentlich keine der drei Personen Lust auf nicht unbedingt erfreuliche Gespräche hatte. So prostete man sich noch ein Weilchen bei lockerem Gespräch zu, wobei auch Christians Arbeit in Norwegen eine entspannende Rolle spielte, bevor Ileana dann doch auf das Unvermeidliche zusteuerte. Sie hatte einen Espresso aus der Maschine gelassen und während sie die dampfende Tasse vor Christian hinstellte, sagte sie wie beiläufig und ohne ihn direkt anzuschauen:
„Weißt du, es tut mir so leid."
„Wofür?", fragte Christian.
„Für alles, was im letzten Jahr passiert ist."
„Das hat wohl alles so kommen müssen."
„Ja, aber Hermine …"
„Ich bin bestimmt nicht der erste Mann, der von seiner Geliebten verlassen wurde und …", meinte Christian mit einer eingeschobenen Denksekunde, und einen vielsagenden Blick auf seinen Vater werfend, „du nicht die erste Frau, die von ihrem Geliebten verlassen wurde. Aber so wie dein Jugendfreund eine zweite Chance bekommen hat, wird auch Hermine eine Chance zur Gutmachung haben. Und das muss gar nicht so wie bei dir in weiter Ferne liegen."

141

Herrgott, der kann reden, geht es dem zuhörenden Herbert durch den Kopf. Als Kind und Jugendlicher war er sprachlich doch nicht so beschlagen. Das muss etwas mit seiner Managerkarriere zu tun haben. Und er, Herbert, war in diesem Moment richtig stolz auf seinen Sohn. Aber einmischen wollte er sich in dieses Gespräch nicht, zumal er fühlte, dass hier ganz schnell höchst Persönliches ein starkes Übergewicht erlangt hatte. Und da reinzureden wäre unanständig gewesen.

Ileana nahm tief Luft, bevor sie auf Christians Anspielung reagierte: „Ich weiß, wohinaus du willst. Und ich finde das mehr als logisch. Aber … Hermine will keine Zeugenaussage vor Gericht machen."
„Aber warum nicht?" Man hörte Christian an, dass er geschockt war. Und weil seine Gesprächspartnerin nicht reagierte, fuhr er nach einer Pause, in der Herbert sich nur hilflos räusperte, fort. „Sie allein kann bezeugen, wo ich in der Mordnacht war. Sie ist mein Alibi. Ohne das bin ich aufgeschmissen. Da kann ich die besten Strafverteidiger der Welt haben."
„Das Ganze läuft sowieso auf einen Indizienprozess hinaus. Die Staatsanwälte haben überhaupt keine glaubhaften Beweise. Das wird sich schon nach den ersten Sitzungen herausstellen. Und deine Verteidiger werden schnell die Oberhand in diesem Verfahren gewinnen. Da bin ich sehr zuversichtlich", mischte sich jetzt auch Herbert ins Gespräch ein.
Christians Stimme hatte plötzlich einen bissigen Unterton, als er sagte: „Du weißt doch auch, wo ich jene Nacht verbracht habe."
„Ja, nur können wir beide das nicht beweisen", antwortete Herbert und schaute hinüber zu Ileana.

Und die sah plötzlich alt aus. Zumindest so nahm Herbert ihr Erscheinungsbild in diesem Augenblick wahr. Und er verstand sie nur zu gut. Für ihn hieß das, der Diskussion eine andere Richtung geben.

„Wir sollten uns jetzt wirklich nicht in Vermutungen verzetteln. Der Prozess dauert lange und es kann sich in drei Monaten viel ergeben. Jeder Verhandlungstag wird die Waage mit der Beweislast und den Unschuldsbeweisen anders balancieren lassen. Wir müssen uns drauf einstellen", sagte er mit beschwichtigender Stimme.

„Du musst ja nicht vor Gericht erscheinen und hast leicht reden", entgegnete ihm sein Sohn mit einer immer noch spürbaren Gereiztheit in der Stimme.

„Sag das nicht. Ileana hat schon eine Vorladung als Zeugin bekommen. Sie wird von deinen Anwälten sogar als Hauptzeugin geladen. Ja, hat man dir das denn nicht gesagt?"

„Doch", sagte Christian, jetzt bemüht, Sanftheit in seine Stimme zu legen und sich Ileana zuwendend, „ich hoffe, dass wenigstens du mich nicht im Stich lässt."

„Du weißt genau, dass wir das nicht tun werden", antwortete die ihm schnell. „Wir wollen, dass du dich in keiner Weise allein und einsam fühlst, solange der Prozess dauert. Wir haben oben ein Zimmer für dich …"

„Wir? Ja, sag mal", nahm Christian den sich neu spinnenden Gesprächsfaden dankbar auf und wendete sich seinem Vater zu, „bist du vielleicht schon hier eingezogen? Oder deute ich hier etwas verkehrt?"

„Nein", schmunzelte jetzt Herbert, „du schätzt die Lage schon richtig ein."

Auch Ileanas Miene begann sich zu entspannen. Der erste gemeinsame Nachmittag der drei von so vielen

Begebenheiten, weit, sehr weit zurückliegenden und aktuellen, schicksalhaft verbundenen Menschen begann zwar keine aufgeheiterte – dazu war der Anlass ihres Zusammenseins viel zu ernst -, aber immerhin eine gelockerte Wende anzunehmen. Dazu trug nicht nur das laue Sommerlüftchen vom nahen Jagdwald und die zweite Flasche Wein bei, sondern vor allem, die Erleichterung, die alle drei verspürten, hatte die Ungewissheit über den Verlauf dieses ersten Zusammentreffens nach so langer Zeit und unter den gegebenen Umständen doch auf ihren Schultern gelastet. Sie blickten im Laufe des Gesprächs  etwas zuversichtlicher in die Zukunft. Nur eines konnte Christian nicht, nämlich die Einladung Ileanas, bei ihnen in Neussentesch sein Zelt aufzuschlagen, annehmen. Das wäre schon aus prozesstechnischer Sicht nicht ratsam gewesen. Der Angeklagte und die Hauptzeugin der Verteidigung unter einem Dach, da hätten Christians Anwälte bestimmt ein kräftiges Veto eingelegt.

## VII - 2

Der  des Mordes angeklagte deutsche Manager blieb im Hotel, nahe bei seinen Anwälten, und der Prozess mündete langsam in seine normalen Bahnen, sprich, die Aufmerksamkeit der Öffentlichkeit nahm von Tag zu Tag ab, während in den Verhandlungen sich die Fronten verhärteten. Der Spätsommer hatte schon Einzug gehalten und Justitias Waage neigte sich mal auf Christians Seite und mal auf die Seite der Ankläger. Der junge Mann auf der Anklagebank wusste oft nicht, ob er dieser Augenbinde Justitias trauen könne. War sie wirklich undurchlässig und glaubte ihre Trägerin nur ihren Ohren und folgte nur ihrem Gewissen? Oder schwenkte sie schon das Richtschwert über seinem Haupt? Der Oktober stand vor der Tür und Christian fragte sich manchmal, ob es für ihn ein goldener werden könnte … oder ein trüber, nebliger, wie er ihn aus Ingolstadt kannte. An manchen Nachmittagen griff er dann zum Telefon und wählte Merles Nummer.

Der 10. Oktober 2014 war ein grauer Herbsttag. Im Temeswarer Dikasterialpalast stand eine denkwürdige Sitzung im PROGRESS-Prozess an. Ileana Roman, die Mutter des ermordeten Geschäftsführers, war vorgeladen. Nicht von der Verteidigung, sondern von der Staatsanwaltschaft. Und das hatte dann doch dazu geführt, dass die Journalisten- und Zuschauerränge im Gerichtssaal an diesem Tag gut gefüllt waren. Nach den üblichen Formalien, Name, Alter, Wohnort, begann der Richter, Fragen an die Zeugin zu stellen. Er wollte viel wissen, sehr viel. Aber seine Neugierde machte immer wieder vor ihrem Familienleben eine brüske Wende zurück ins Geschäftliche, ins Betriebsleben und das Verhältnis zu ihrem Sohn in dessen Rolle als Geschäftsführer. War dieses Vorgehen an einen Hintergedanken gekoppelt und wenn ja an welchen, fragte sich so mancher aufmerksame Zuhörer im Saal. Wollte der erfahrene Richter, die unangenehmen Fragen dem ambitionierten Staatsanwalt überlassen? Etwa eine halbe Stunde lang unterhielt der Richter sich mit der Zeugin. Man hatte fast den Eindruck, er wolle der Frau die Angst nehmen. Nachdenklich blätterte er immer wieder in dem prall mit Akten gefüllten Ordner vor sich, um dann an den Staatsanwalt zu übergeben.

Der junge Jurist, er war noch keine vierzig und konnte sich mit einem Erfolg bei diesem nicht alltäglichen Prozess gute Karrierechancen ausrechnen, erhob sich von seinem Platz, bedankte sich beim Richter und begann mit seinen Fragen. Die Frau im Zeugenstand war noch immer eingeschüchtert. Da saß keine Kämpferin, die der Justiz die Stirn bieten konnte. Das war spürbar bis in die letzte Zuschauerreihe des großen, Respekt einflößenden Gerichtssaales. Der Staatsanwalt hatte sich eine Strategie zurechtgelegt und war anscheinend auch bemüht, nach der zu verfahren, obwohl auch ihm längst aufgefallen war, dass die Frau im Zeugenstand, Frau Ileana Roman, alles andere als Selbstsicherheit ausstrahlte. Die Fragen die er ihr zunächst stellte, waren ähnlich wie die, die der Richter und auch er, als Ankläger, in den vorangegangenen Sitzungen den Zeugen gestellt hatten. Fast zwei drittel der Belegschaft war schon im Zeugenstand und das andere Drittel sollte auch noch folgen.

Vielleicht war dieser Staatsanwalt doch noch zu unerfahren, um zu erkennen, dass die Unsicherheit der Zeugin für ihn eine große Chance sein konnte. Es fiel ihm kaum auf, wie Ileana Roman von Minute zu Minute und von Frage zu Frage an Selbstsicherheit gewann. Sollte das Erscheinungsbild des so etwas wie Erhabenheit ausstrahlenden Richters sie so zögerlich, ja ängstlich gemacht haben? Hier hatte sie es plötzlich mit einem Mann zu tun, der im Alter ihrer Kinder sein konnte. Sie wurde merklich ruhiger, und besonders Christian auf der Anklagebank und Herbert im Publikum registrierten diesen Gemütswechsel mit Genugtuung. Der Staatsanwalt hatte anscheinend genug über die

Firma PROGRESS erfahren - es war kaum etwas dabei, was durch den bisherigen Prozessverlauf nicht schon bekannt war - und ging zum eigentlichen Prozessgrund über. Das war der Mord.

„Ist ihnen überhaupt bewusst, dass Sie geschworen haben, als Zeugin die Wahrheit und nur die Wahrheit zu sagen", fragte der Staatsanwalt mit leicht bedrohlichem Unterton in der Stimme.
Aber plötzlich klang Ileanas Stimme genauso fest. Kein Zittern. Und auch keine Forderung des Richters, doch bitte lauter zu sprechen, war nötig. „Das habe ich bisher auch getan", sagte sie.
„Und ich hoffe doch für Sie, dass es auch dabei bleibt", begann sich ein Frage-und-Antwort-Spiel zu entwickeln, das die Audienz im Saal den Atem anhalten ließ.
„Was Sie hoffen, ist bei mir Gewissheit", bekam der langsam mit etwas gesenktem Haupt auf und ab gehende Jurist als Replik.

Bevor er fortfuhr, sah er kurz auf in Richtung der Angeklagten, aber ohne Blickkontakt zu suchen, so als würde ihm langsam ein Licht aufgehen. Da fand eine Wandlung statt, die vielleicht sogar seiner Karriere schaden könnte.

„Wo waren Sie in der Nacht, als Ihr Mann starb und Ihr Sohn ermordet wurde?"
„Nicht zu Hause."
„Und wo waren Sie?"
„Ich sagte doch schon, ich war außer Haus."
„Haben Sie die Nacht mit einem anderen Mann verbracht?"

„Einspruch", meldete sich einer der Verteidiger. „Hier wird eine Zeugin zu einem Mordfall befragt und nicht zu ihrem intimen Privatleben."

Der Richter schien einige Sekunden zu überlegen und wandte sich dann an den Staatsanwalt mit der Aufforderung: „Schweifen Sie bitte nicht vom eigentlichen Thema dieser Befragung ab."

„Wann haben Sie vom Tode ihres Mannes und ihres Sohnes erfahren?", fuhr der Staatsanwalt unbeirrt fort.

„Als ich morgens nach Hause kam. Zwei Polizeibeamte haben mir die Nachricht überbracht."

„Um welche Uhrzeit?"

„Das weiß ich nicht mehr genau."

„Können Sie mir etwas über das persönliche Verhältnis ihres Sohnes zu Herr Sternauer sagen?", wollte der Staatsanwalt wissen.

„Das war ein rein geschäftliches Verhältnis", antwortete Ileana Roman, die jetzt ruhig und gefasst wirkende Zeugin.

Dann erzählte sie alles, was sie wusste. Und sie ließ sich von den vielen Fragen des Staatsanwalts, die sich oft wie Fallstricke um sie wanden, nicht mehr einschüchtern. Nur als die Frage nach ihrer Tochter und deren Rolle in den Geschäftsverhandlungen zwischen Vasile Roman und Christian Sternauer gestellt wurde, stockte ihr kurz der Atem. Dann sagte sie aber mit fester und glaubhaft klingender Stimme, dass Hermine immer nur gedolmetscht habe und nie eine Absicht erkennen ließ, für eine Seite Partei zu ergreifen. Nur einmal schaltete sich auch der Richter in diese Befragung des Staatsanwalts ein und wollte wissen, warum ihre Tochter nicht in diesem Verfahren aussagen will, wo es doch längst kein Geheimnis mehr sei, dass sie eine Liebesbeziehung zu dem Angeklagten hatte.

„Wissen Sie", fragte der Richter die Zeugin, „dass Ihre Tochter bereits eine Vorladung von uns bekommen und bisher nicht darauf reagiert hat?"
„Nein, das weiß ich nicht", antwortete Ileana wahrheitsgemäß.
„Ich nehme an, dass Ihre Tochter die Konsequenzen eines Nichterscheinens vor Gericht kennt. Die gesetzlichen Bestimmungen einer solchen Verweigerung sind eindeutig. Es geht hier schließlich um einen Mord … und um den Tod ihres Bruders … Gut, Herr Staatsanwalt fahren sie fort."

Diese Sitzung war nicht kürzer als die vorherigen. Mindestens vier, fünf Stunden hatte das Gericht immer eingeplant. Auch die Verteidigung hatte einige Fragen an die Zeugin. Es ging den Strafverteidigern vordergründig darum, ob Ileana eine persönliche Antipathie zwischen den zwei Geschäftsleuten erkennen konnte. Sie verneinte das, fügte aber hinzu, dass die Charaktere der zwei Männer schon unterschiedlich waren: Während Herr Sternauer ihr eher ruhig, aber zielstrebig vorkam, kannte sie ihren Sohn als sehr impulsiv und manchmal sogar aufbrausend, wenn nicht alles nach seinen Vorstellungen lief.

## VII – 3

So zog der Herbst durchs Land, ohne dass Prozessbeobachter eine Meinungsbildung beim Richter und den zwei Geschworenen erkennen konnten. Für den Tag vor den Plädoyers war als letzte Zeugin Frau Hermine Izvor geladen. Und der Gerichtssaal war bis auf den letzten Platz gefüllt. Die Boulevardpresse hatte ihre Schuldigkeit längst getan. Die Journalisten schienen mehr als die Anwaltschaft zu wissen. Sogar Herbert Sternauer war im Zeugenstand gewesen. Als naher Verwandter des Angeklagten hätte er gar nicht aussagen müssen und Christians Verteidiger hatten den entsprechenden Gesetzespassus sofort auf den Tisch gelegt. Weil er aber überzeugt war, seinem Sohn nur helfen und keineswegs schaden zu können, hatte er sich mit dem Staatsanwalt einen Disput im Gerichtssaal geliefert, der am nächsten Tag Stadtgespräch war. So steuerte der PROGRESS-Prozess langsam aber sicher auf einen Höhepunkt zu. Und der schien diesmal nicht von den Plädoyers bestimmt zu sein, sondern von der letzten Zeugenvernehmung.

Als der Richter die Zeugin aufrief, drehte Christian sich instinktiv der Saaltür zu. Hermine. Sie war schwanger. Ihre Blicke kreuzten sich. Und im Gerichtssaal hätte man das Fallen einer Nadel hören können. Man erzählte sich am nächsten Tag in der Stadt, dass sogar der Richter und die beiden Assessoren ihre Anteilnahme nicht überzeugend verbergen konnten. Nur der Staatsanwalt war nicht beeindruckt. Seine Fragen waren präzise und messerscharf.

„Wo waren sie in der Nacht, als Ihr Bruder zu Tode kam?", wollte er wissen.
„Zuhause", antwortete die Zeugin Hermine Izvor mit fester Stimme.
„Allein?"

„Nein."

„Würden Sie uns auch sagen, wer bei Ihnen war?"

„Ja. Herr Christian Sternauer."

„Wie spät war es, als er zu Ihnen kam?"

Hermine schilderte nach dieser Frage ihren gemeinsam mit Christian verbrachten Tag. Als immer eindeutiger wurde, dass der Angeklagte durch diese Aussage ein womöglich den Prozess entscheidendes Alibi hatte, versuchte der hartnäckige Staatsanwalt es über die psychologische Schiene und stellte Fragen, die bezogen auf den bisherigen Sitzungsverlauf schon fast absurd anmuteten.

„Was glauben Sie, könnte Herr Sternauer einen Menschen umbringen?"

Ein Raunen ging durch die Publikumsreihen. Aber die Zeugin ließ sich nicht aus der Ruhe bringen und antwortete: „Nein, niemals!"

„Wieso sind Sie sich so sicher?"

„Weil ich mich nicht so sehr in einem Menschen täuschen kann, den ich ..."

„Den Sie ...?"

Hier schaltete sich der Richter ein: „Haben Sie noch andere Fragen, Herr Staatsanwalt?"

„Ja, noch eine. Frau Izvor, hätten Sie Herrn Vasile Roman einen Mord zugetraut?"

Ein erneutes Raunen ging durch den Saal und viele Blicke richteten sich auf den Richter. Der schritt aber nicht ein. Und auch Hermine brauchte einige Sekunden, um dann zu antworten. Ihre Stimme klang noch überzeugender als vorher: „Ich weiß es nicht!"

So mancher Zuhörer räusperte sich hörbar bei dieser Antwort. Man vernahm hie und da ein Hüsteln und das erneute Raunen im Sitzungssaal hatte eine gesteigerte Lautstärke. Der Staatsanwalt aber blieb hartnäckig.

„Könnten Sie uns das präzisieren?", hackte er nach und bekam zur Antwort: „Mein Bruder war ein jähzorniger Mensch und konnte einen Gesprächspartner zur Weißglut bringen."

„Sie glauben also, ihr Bruder ..."

„Nein ... Hier gibt es nichts zu interpretieren. Ich habe nur gesagt, dass ich es nicht weiß. Und dabei bleibe ich."

Das Problem dieses Prozesses war, dass es gar keinen wirklich Tatverdächtigen gab. Nur eine Vermutung. Man konnte es nach so vielen Anhörungen nicht einmal ein Indiz nennen. Niemand wusste genau, was in jener Nacht außerhalb der Spelunke am Temeswarer Stadtrand geschehen war. Der Gastwirt wurde sogar zweimal als Zeuge geladen. Doch weder die Anklageseite noch die Verteidiger konnten Klarheit in den Mordfall bringen. Es war nur unbestritten, dass Vasile Roman und vier Männer, die sowohl Rumänisch als auch mindestens noch zwei Sprachen mit slawischem Klang sprachen, nach einer ausgiebigen Zeche um ca. 22 Uhr das Lokal verlassen hatten. Es saßen zu jenem Zeitpunkt nur noch zwei junge Gäste in der Kneipe. Vielleicht Studenten. Auch die waren gegen 23 Uhr gegangen, woraufhin der Wirt geschlossen hatte. In seiner Zeugenaussage gab er zu Protokoll, dass er die zwei jungen Männer wieder erkennen würde. Sie waren aber nie mehr bei ihm aufgetaucht.

Es war auch dem Staatsanwalt klar, dass er bei der Befragung der Frau im Zeugenstand mit seiner Beweisführung an dem geheimnisvollen Mord nicht weiterkam. Nachdem er schon vom Angeklagten mehrere Male gehört hatte, dass der das immer mehr in den Mittelpunkt der Befragungen gerutschte Lokal gar nicht kannte, wollte er noch ein letztes Mal auch von dessen damaliger Geliebten wissen, ob sie schon in der Kneipe, in der ihr Bruder zum letzten Mal gesehen wurde, war.

„Nein. Ich kenne diese Wirtschaft nicht", antwortete Hermine ohne zu zögern. Und dann geschah, was alle Beteiligten und Zuschauer in dieser Sitzung erstarren ließ. Aus einer der hinteren Zuschauerreihen kam der Ruf: „Aber ich. Und ich war an jenem Abend dort."

Hermine konnte ihren Schreck nicht verbergen. Sie hatte die Stimme erkannt. Es war Andrei, ihr Gatte, der Vater ihres Kindes. Und er hatte nie, nie etwas von seiner Anwesenheit an jenem Abend in dieser berüchtigten Kneipe erwähnt. Nie, nie. Warum nur?

Selbst der Richter schien etwas überrascht zu sein, obwohl er in seiner langjährigen Karriere bestimmt schon ähnliche Fälle hatte. Im Saal herrschte Mucksmäuschenstille. Der erfahrene Jurist, flüsterte dem Geschworenen zu seiner Rechten etwas zu. Der begab sich zu dem fahrbaren Regal mit den vielen Ordnern und nahm eine Kladde heraus, die er dem Richter brachte. Der begann darin zu blättern und las dann mehrere Seiten sehr konzentriert durch. Es waren so geschätzte fünf Minuten vergangen und noch immer herrschte absolute Stille im Raum. Dann hob der Richter seinen Blick von den Akten und schaute in die Richtung des Mannes, der diese Äußerung gemacht hatte. Der stand auf und wartete, was des Weiteren passieren würde. Dem Richter schien diese Geste der Respektbezeugung vor dem Gericht zu gefallen. Er genoss sie sogar einige Sekunden, bevor er fragte:

„Würden Sie diese Aussage auch unter Eid machen?"

„Ja", klang es aus der Tiefe des Saales.

„Dann würde ich Sie bitten, hier vorne im Zeugenstand Platz zu nehmen." Und zu Hermine sagte er: „Es bleibt Ihnen vorbehalten, im Zeugenstand zu bleiben oder den Saal zu verlasse."

„Danke", erwiderte sie, „ich bleibe".

Dann saßen sie nebeneinander als Zeugen vor dem Temescher Kreisgericht im Mordfall des Unternehmers Vasile Roman. Der Richter gab die Initiative weder an den Staatsanwalt noch an den Strafverteidiger ab. Nachdem Andrei seine persönlichen Daten genannt und den üblichen Eid geleistet hatte, stellte der Richter seine Fragen:

„Stehen Sie in einem Verwandtschaftsverhältnis zu Frau Izvor."

„Frau Izvor ist meine Gattin."

Jetzt wurde es im Saal wirklich laut und der Richter drohte mit der Abbrechung der Verhandlung, wenn keine dauernde Ruhe einkehrt. Als die Unruhewelle abgeflaut war, fuhr der Richter mit seiner Befragung fort. Er wollte wissen, ob und welches Verhältnis zwischen dem Ermordeten und ihm, Andrei Izvor, bestand und ob er den Angeklagten vor anderthalb

Jahren kannte. Nachdem der Zeuge ausgeführt hatte, dass er mit keinem der zwei Männer je eine persönliche Begegnung hatte, sie ihm aber vom Sehen her nicht fremd waren - Vasile Romans Konterfei hatte er einmal in einer Wirtschaftszeitung gesehen und Christian Sternauer hatte er einmal zufällig in der Stadt mit Hermine gesehen -, widmete der Richter sein Augenmerk wieder verstärkt dem Tatort zu. Er ließ sich die damalige Wahrnehmung Andreis, soweit der sich erinnern konnte, detailgenau beschreiben und fragte immer wieder nach. Dann, nachdem er noch einmal ein Blatt in der Kladde mit der Anhörung des Wirtes durchgesehen hatte, wollte er wissen: „Sie sind sich also ganz sicher, sich nicht in der Person des Ermordeten geirrt zu haben?"

„Ja, es war Vasile Roman."
„Und andere Gäste, außer den vier Begleitern des Opfers und Ihnen, waren keine in der Gaststube?"
„Ein Kommilitone saß auch mit mir am Tisch."
„Sie haben ja Ihr Studium beendet und mittlerweile Temeswar verlassen. Gilt das auch für Ihren Freund?"
„Ja. Er lebt jetzt in einer anderen Stadt."
„Wir würden ihn gerne vernehmen. Sie können uns seinen Namen aber auch nach der Sitzung mitteilen."
„Ja, ich pflege noch Kontakt zu ihm und werde dem Gericht seine Anschrift geben."
„Ist Ihnen auch bewusst, dass wir eine Gegenüberstellung mit dem Gastwirt dieser Wirtschaft veranlassen werden?"
„Ja, das kann ich mir vorstellen", antwortete Andrei Izvor.

Und nachdem sowohl Staatsanwalt als auch Verteidiger ihre Fragen gestellt hatten - die Befragung Andreis dauerte gut 40 Minuten – schloss der Richter die Sitzung mit der Ankündigung, dass wegen der neuen Situation mindestens noch zwei weitere Verhandlungstage anberaumt werden müssen und die Plädoyers erst für die letzte Adventswoche angesetzt werden. Der Urteilsspruch war demzufolge erst für Monat Januar des Jahres 2015 zu erwarten. Genaue Datums werden per Aushang im Gerichtsgebäude bekanntgegeben.

## VII - Epilog

Der 15. September 2018 war in Temeswar ein schöner Tag. Besonders für die Absolventen des Industrielyzeums für Maschinenbau. Sie hatten vor 45 Jahren die C-Klasse dieses Jahrgangs mit dem Fachschwerpunkt Maschinen in der Textilindustrie absolviert und waren zu einem Klassentreffen zusammengekommen. Es war das erste Mal nach einigen gescheiterten Versuchen. Aber jetzt hatten sich viele eingefunden, und man sah es den 65-Jährigen an, wie sehr sie sich freuten, auch über die komischen Situationen, die sich bei den gescheiterten Wiedererkennungsversuchen ergaben.

Herbert und Ileana saßen zusammen mit zwei weiteren Ehepaaren an einem der runden Tische in dem sonnendurchfluteten Lokal an der Bega. Die Gespräche kamen keinen Augenblick ins Stocken. 45 Jahre ist ja doch eine lange Zeit und in diesem Fall die wohl wichtigste des Lebens. Sie beinhaltet so viel: Berufsleben, Familienleben, bei dem einen oder anderen erfolgreiche Karriere, aber auch Rückschläge, Verluste, Auswanderung in ferne Länder und auch wohl immer häufiger schon Gesundheitsprobleme. Der Kaffee dampfte in den Tassen und zwei fleißige Kellnerinnen kümmerten sich um das Wohl der Gäste. Nachdem die zwei Organisatoren des Treffens die beiden gut über achtzig Jahre alten Lehrer, Professoren, wie man sie in Rumänien nennt, die drei Kolleginnen mit ihren Ehepartnern – es waren nur drei Mädchen in der Klasse - und die Kollegen mit ihren Ehefrauen oder Lebensgefährtinnen begrüßt hatten, zeigte ein Kollege einen Film aus der Schulzeit. Die siebziger Jahre lebten auf und so mancher konnte oder wollte seine Emotionen nicht verbergen. Warum auch? Was wären wir ohne unsere Vergangenheit? Fünf Kollegen hatten sich von anderen Kontinenten per Brief gemeldet und uns eine schöne Feier gewünscht. Das wurde es dann auch.

Kaum war dieser nicht allzu lange aber sehr würdevolle Teil, den man wohl als offiziell bezeichnen kann, beendet, als das Wandern von Tisch zu Tisch oder auch das Verlassen des Lokals zu einem kurzen Spaziergang an der Bega begann. Nachdem Ileana mit einer Bekannten den Saal verlassen hatte, kam Adrian und ließ sich neben Herbert nieder.

Obwohl sie sich schon beim Ankommen begrüßt hatten, klopfte Adrian seinem ehemaligen Schulkollegen freundschaftlich auf die Schulter und fragte:
„Na, wie geht's junger Mann?"
„Das ist gut, junger Mann. Aber, danke, es geht schon noch. Alles andere wäre undankbar. Und du, bist du schon in Rente? Vom Aussehen her, müsstest du noch einige Jahre arbeiten."

„He Junge, das klingt aber nach einem echten Kompliment."

„Ich mein das sogar ernst. Ich habe dich gleich bei der Begrüßung erkannt. So stark wie so mancher andere hier hast du dich wirklich nicht verändert", sagte Herbert. Und Adrian erwiderte sofort, so als ob ihm gerade ein Stichwort sehr gelegen gekommen wäre:

„Das war aber nicht immer so."

„Was meinst du damit."

„Ich meine das mit dem Erkennen."

„Wieso das?"

„Wir sind uns nämlich schon mal begegnet. Und das ist noch gar nicht so lange her."

„Adrian, jetzt musst du mir aber helfen."

„Es war am Grenzübergang Nadlak. Du warst nicht allein im Auto."

„Mensch, Adrian ... sag jetzt bloß nicht, du warst der Zollbeamte mit dem Bart, der uns ..."

Herbert sprach nicht weiter, weil Adrian sich instinktiv, aber wohl nur für Herbert erkennbar, umgesehen hatte. Auch die zwei anderen Ehepaare von Herberts Tisch waren im Saal unterwegs. Trotzdem senkte er die Stimme, als er sich leicht zu Adrian vorbeugte und sagte:

„Du musst mir jetzt wirklich nicht antworten ... Wusstet Ihr damals, dass wir eigentlich auf der Flucht waren?"

„Ja", sagte Adrian mit leiser Stimme und nickte vielsagend mit leicht zusammengepressten Lippen.

„Und du hast mich erkannt!"

Adrian sagte nichts mehr. Die zwei Männer blickten sich einige Sekunden schweigend an und Herbert wusste, was er seinem ehemaligen Schulkollegen zu verdanken hatte.

Etwa eine viertel Stunde später spazierten Herbert und Adrian auf der Flaniermeile entlang der Bega und Herbert öffnete seinem Kollegen sein Herz. Adrian hatte ja damals aus der Zeitung erfahren, dass der deutsche Manager Christian Sternauer freigesprochen wurde und auf der Heimfahrt in Ungarn, kurz vor der österreichischen Grenze aus einem ihn überholenden Fahrzeug regelrecht mit mehreren Schüssen hingerichtet wurde. Von den Tätern fehlt bis heute jede Spur wie auch im Mordfall des rumänischen Unternehmers Vasile Roman.

Herbert erzählte seinem Gesprächspartner aber auch, dass Ileana ihre geerbten Anteile an der Firma PROGRESS alle verkauft hat. Sie und Herbert haben in aller Stille geheiratet. Ileanas Haus in Neussentesch haben sie vermietet und sind in das Haus an der Gemeindestraße DC 61 zwischen Jahrmarkt und Bentschek gezogen, das Herberts Bekannter ihm verkauft hat.

Auf dem Begakanal zog ein Boot lautlos im Schein der sich langsam hinter der Trajansbrücke neigenden Sonne an ihnen vorbei.

„Weist du", sagte Herbert, „es ist so ruhig da draußen … Und wenn ich abends auf der Terrasse sitze, sehe und höre ich manchmal auch die A1 ... Sie führt direkt nach Ingolstadt."

* * *

# Bücher von Anton Potche

## *Tausend Kilometer westwärts*
*Roman*
*BoD, Norderstedt 2015*
*ISBN: 978-3-7347-5807-2*
*(auch als ePUB-eBook)*

## *Kurzprosa aus der Hecke und dem Spind*
*Prosa*
*BoD, Norderstedt 2017*
*ISBN: 978-3-7431-6765-0*
*(auch als ePUB-eBook)*

## *Die Gretchenfrage nach der Gräte*
*Theater*
*BoD, Norderstedt 2019*
*ISBN: 978-3-7481-9167-4*
*(auch als ePUB-eBook)*